感动系列精华版

• 总主编 刘海涛
• 主 编 海飞

如果感到幸福你就跺跺脚

感动小学生的100篇散文
精华版

九州出版社
JIUZHOUPRESS | 全国百佳图书出版单位

图书在版编目（CIP）数据

感动小学生的 100 篇散文/海飞主编. –北京：九州
出版社，2008.1（2021.7 重印）

（"读·品·悟"感动系列：精华版/刘海涛主编）

ISBN 978-7-80195-803-7

Ⅰ.感... Ⅱ.海... Ⅲ.散文—作品集—世界 Ⅳ.I16

中国版本图书馆 CIP 数据核字（2008）第 003300 号

如果感到幸福你就跺跺脚：感动小学生的 100 篇散文（精华版）

作　　者	海　飞　主编
出版发行	九州出版社
地　　址	北京市西城区阜外大街甲 35 号（100037）
发行电话	(010)68992190/2/3/5/6
网　　址	www.jiuzhoupress.com
电子信箱	jiuzhou@jiuzhoupress.com
印　　刷	北京一鑫印务有限责任公司
开　　本	720 毫米 × 1000 毫米　16 开
印　　张	14.875
字　　数	130 千字
版　　次	2008 年 1 月第 1 版
印　　次	2021 年 7 月第 4 次印刷
书　　号	ISBN 978-7-80195-803-7
定　　价	49.90 元

目录

第一辑 太阳的女儿

有人说,地球像我们的头部肖像。这大概是我们的一个童话吧,风是世界的耳朵,光是世界的眼睛,海洋是世界的嘴巴,森林是世界的头发,山川是世界的鼻子,峡谷是世界的鼻孔……地球的脸色是蓝的,只是近些年这蓝有一点泛灰。地球开始爱打喷嚏了,每一次不是沙尘暴就是飓风,连带的反应就是地震海啸。无论是蔚蓝的几十亿年清澈澄明,还是现在的身体有小恙,太阳从不嫌弃,因为地球从来都是太阳最宠爱的女儿。

如果感到幸福你就跺跺脚·精华版

第二辑　母亲给出的答案

　　无论我们相信不相信,事实就是这样的:世界上所有的人对我们都失望了,母亲不会;所有的困难排队都来打击我们,母亲不会;一切的不顺全来纠缠我们,母亲不会。也许我们经常犯错,被伤害的和没被伤害的人都指责我们,母亲仍旧不会。她只会微笑,道歉,赔不是,接着理解、鼓励、宽慰,没有怨言,不求回报。如果有人追问,我们的母亲也不会为难人家,她的回答没有想象的长篇宏论,相反,只有一个字:爱。

目录

第三辑　追赶太阳

　　生命最原始的动力,也许只有这样一个——前进。是的,这是我们生存和生活的本能。也许有和我们的生命类似的动物,它们喜欢后退,但那不是生命的动力,而只是一种生存技巧,或者说,那是以退为进。因为本能,我们可以没有任何理由地努力,前进,前进。我们的方向是前方,我们的目标是光明,我们的过程是追赶。最后的结果不一定有多远多大,但肯定是为大众的、温暖而向上的,就像太阳。

第四辑　雨停了,是否有阳光

　　爱过了,我们是不是要求同等的回报？如果是,那是交换,不是付出;帮了别人,我们是不是要达到自己的目的？如果是,那是交易,不是帮忙;喜欢雨天,我们是不是因为晴天过腻了？如果是,那是矫情,不是情调;努力了,我们是不是要得到成绩或结果？如果是,那是生意,不是爱好。爱是无欲无求的呵护,不求回报。帮助是心底发出的善意,没有目的。雨和阳光的交换是天气的调节,不是情调的借口,努力是生命的原动力……

目录

第五辑　春天的舞会

　　童年的我们，无忧无虑，无牵无挂，每天都是盛会，每时都能欢乐。我们肆意地成长，为的就是摆脱记忆里的嘤嘤抽泣。让成熟的收获在未来等着吧，没有成长的坎坷与不易，成功怎么会清香扑鼻？让夏天的酷暑准备吧，让秋天的丰收铭记着吧，让寒冬腊月带着雪花肆虐吧，都会过去都会过去，过去了，春天就不远了。花啊草啊水啊风啊，还有阳光，我们一起相聚……

如果感到幸福你就跺跺脚·精华版

第六辑　钓蝴蝶的小姑娘

　　　　路途中,我们曾留意过同行者吗？身边的徒步旅友每一步都是跋涉,利索的自行车骑者微笑着回首打招呼,汽车里的司机给我们打着食指和中指示意加油,飞驰而去的赛车竟然也留下笑声。这一切,都告诉我们,往前走,我们不孤单,同路者众多,可能我们没有标新立异,也踩着了很多人的脚印。可是,生活就是如此啊,我们走我们的,只要一直勤奋、扎实、正确,那么我们每一个呼吸都能在空气里留下痕迹。

目录

第七辑　睡吧,小树

　　清风是从林间穿过的,它清新,惬意,带着最新的氧气,轻轻抚过,顺便告诉我们树林里的秘密。小花是从石头缝里挣扎出来的,它没有根基,身茎瘦弱。但是,它用花朵绽放代表着它的笑意,告诉我们,一切不过如此,生是多么的快乐。小路绕着草地的边上而过,它的弯曲告诉我们,它不忍心从小草的脑袋上压过,反正不过是一次行走,我们就多迈几步吧。我们微笑着,听、看、闻,明天的一切,梦里去追寻吧。

如果感到幸福你就跺跺脚·精华版

第八辑　站在自己的位置上

　　我们享受温暖,但我们不能拥有太阳;我们向往远方,但我们还在路途上;我们付出太多,但我们控制不了结果。我们能做的,只能是尽可能的努力,淡然而温和地看着过程慢慢往最后蜿蜒。如果我们不能到达最高处,我们可以仰望,就像我们做不了最美的景色,不过我们可以很投入地欣赏。点缀在天空上的星星很漂亮吧,我们没有梯子去摘,不过我们愿意托着腮,坐在阳台或空地上,美美地、惬意地欣赏……

目录

第九辑　雪花饺子

　　一首叫《奉献》的歌里唱:白云奉献给蓝天,道路奉献给远方,我奉献给你……温暖动人,心悸落泪。我们也希望这样,花朵奉献给蜜蜂,树枝奉献给小鸟,轻风奉献给阳光……世界从此和煦灿烂,似乎永远都像春天。那么,如果放开了唱,放远了唱,多余奉献给饥饿,重复奉献给稀缺,和平奉献给战争,礼貌奉献给野蛮……世界大同,我们展颜。就像在最最寒冷的冬天,把雪花包进了饺子,把困难融进了鞭炮声……

如果感到幸福你就跺跺脚·精华版

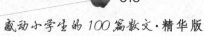

第十辑 捡垃圾者的大拇指

我们的第一步,还记得吗？踟蹰,担心,犹豫又谨慎。但我们从不会觉得那是笨拙,因为万事都有开头,开始,总是最难的。只要上路了,一切总是会越来越好,越来越高。我们也不会忘记,就像失败的痕迹,总比成功的欢笑让我们更久地铭记。如果因为方向错了,就像大拇指本来应该朝上,却朝下了。不过好在我们终于明白,方向错了,停止就是进步。所以,让我们回到原地,轻呼一口气,一切不过是重新起步！

第一辑　太阳的女儿

有人说，地球像我们的头部肖像。这大概是我们的一个童话吧，风是世界的耳朵，光是世界的眼睛，海洋是世界的嘴巴，森林是世界的头发，山川是世界的鼻子，峡谷是世界的鼻孔……地球的脸色是蓝的，只是近些年这蓝有一点泛灰。地球开始爱打喷嚏了，每一次不是沙尘暴就是飓风，连带的反应就是地震海啸。无论是蔚蓝的几十亿年清澈澄明，还是现在的身体有小恙，太阳从不嫌弃，因为地球从来都是太阳最宠爱的女儿。

落日的金色锯齿
在异乡异族的远山远水里
琢出
霞光沉郁
酿成一个芬芳的名字
给你

春　节

春节里有好玩的、好看的、好吃的,谁不喜欢?

春节,我们终于把你盼来了! 这是大人小孩都盼望的节日,这是一年中最大的节日,这是最快活的节日,最热闹的节日,这是迎接春天的节日呀!

这一天,家家户户都要挂红灯、贴春联;这一天,大人小孩都要穿新衣、换新鞋;这一天,要吃饺子、吃汤圆……这一天,要扭秧歌、耍狮子、舞龙灯、划彩船、踩高跷……这一天,我们小孩还要敲着小鼓小锣,走遍大街小巷——"咚咚咚,锵锵锵",新年的锣鼓声报告春天来到了。呵,什么好看的、好玩的、好吃的……都汇到一起了。呵,春节到了! 春节真好,春节真好!

要是天天都这样就好了。春节呀,你不要走!

文/蒲华清

最快活的节日

一年中,你最喜欢哪个节日?你觉得最热闹、最快活的节日是什么?不用说,你一定会说:"当然是春节!"是啊,春节里有好玩的、好看的、好吃的,谁不喜欢?

　　春节是我国的传统节日,作者把人们对它的期盼和节日期间的热闹景象作了细致而生动的描述,表达了作者对节日的赞美和对生活的热爱之情。

　　小朋友,你是怎么理解春节的? 也请你说一说吧。

赏析/陈龙银

太阳的女儿

　　　我们热烈,我们快乐,我们唱着金色的歌。

　　我们是太阳的小女儿,小小女儿。

　　我们在太阳下开放。太阳给我们灿烂的金黄,我们散发着阳光的芳香。

　　我们热烈,我们快乐,我们唱着金色的歌。

　　我们是油菜花,大地是我们的家。

　　一大早,蜜蜂就来拜访我们。嗡嗡嗡,嗡嗡嗡,它们忙碌着,它们赞美我们的花蜜很甜。我们很高兴,我们喜欢蜜蜂,喜欢它们说我们的花蜜很甜。

　　我们也喜欢蝴蝶。蝴蝶总是那么文静,那么有礼貌。它们喜欢在我们的花丛中捉迷藏, 在我们的花丛中做游戏。一只黄蝴蝶悄悄地说,让我也当一回油菜花吧,我会有很多蜜蜂喜欢的花蜜。我们笑了,笑成一片"油菜蝴蝶"……

突然听到小男孩在叫："爸爸,油菜花飞起来了!"

文/吴　然

可爱的油菜花

小朋友一定见过油菜花。这种普通的农作物的花,在作者的笔下却写得格外美丽。作者把它比作"太阳的小小女儿",因为它在太阳下开放,又有太阳般灿烂的金黄。作者写蝴蝶和蜜蜂对它的钟爱,因为它有美丽的花朵、迷人的芳香。作者还把它比作"会飞的蝴蝶",更加突出了它的美丽、可爱。拟人化手法的运用,使文章更加生动有趣。

赏析/陈龙银

小　溪

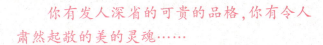

你有发人深省的可贵的品格,你有令人肃然起敬的美的灵魂……

比起浩然坦荡、气势雄伟的大江,你显得过于纤细和苗条。

然而,你不停地奔流着、奔流着,夜以继日,年复一年。你有一颗透明晶莹的爱心——

你用甘甜的乳汁,哺育着碧绿的小草、芬芳的野花和栖息着小鸟的树木,使大地呈现出一派蓬勃的生机。

不论风晨雨夕,也不论酷暑隆冬,你永无止息地奔流着、奔流着……

你的歌声轻轻激荡在原野上,它有使人心气豁通、视野开阔的特殊的韵律。

你的步态洒脱、飘逸中透着坚韧和果敢。

你矢志于不断进取,并在这不断进取中不断实现了你自身生命的价值。你是平衡大千世界不可或缺的砝码。

啊,小溪!我像赞美大江一样赞美你——

你有发人深省的可贵的品格,你有令人肃然起敬的美的灵魂……

文/樊发稼

值得赞美的小溪

这篇散文写小溪,实际上是饱含深情地赞美了小溪的可贵品质和美的灵魂。作者在写小溪时,用墨不多,但能抓住要点——写了它无私奉献的爱心,它的歌声和步态给人的启示,它那奔流不息、不断进取的精神。这些正是小溪的可贵之处。此外,作者将小溪拟人化,使文章更加生动形象。

写物一定要抓住其主要特点,抓住最能反映其精神实质的一面来写。写物的目的是要表达你的情感和思想,将两者结合起来很重要。

赏析/陈 雄

迎客松和飞来石

你要别人对自己文明,首先你自己要文明。

来到了黄山玉屏楼,面对迎客松,小熊热情地问候:"你好,迎客松!"迎客松也热情地回答:"你好,小熊!"

来到飞来石旁,小兔礼貌地问候:"飞来石,你好!"飞来石也礼貌地回答:"小兔,你好!"

小猪气呼呼地说:"迎客松、飞来石都不懂礼貌,怎么不问候我却只问候小熊、小兔呢?"

小猪也许不了解,你要别人对自己文明,首先你自己要文明。小熊、小兔那么热情、礼貌地问候别人,别人当然也会有礼貌地对待他们;小猪并没有问候他们,他当然不能计较别人不懂礼貌了。

文/梅　莉

真情才能换真心

小熊、小兔很热情而礼貌地问候迎客松、飞来石,所以,它们也友好地问候它俩。小猪什么也没说,没有和它们打招呼,所以也就没有谁问候它。小猪很不理解,它不是从自身找原因,却责怪起别人来。假如小猪也和小熊、小兔一样,主动热情又有礼貌,别人一定会友好地问候它。真情才能换真心。

赏析/陈龙银

花开的声音

只要我们的心是为着美好的事物而存在,就会发现无尽的美。

我有眼睛,却看不到花开的过程;我有耳朵,却听不到花开的声音。

那么,我要眼睛和耳朵干什么用呢?

我的眼睛,看见的是灰蒙蒙的天;我的耳朵,听到的是尖锐与嘈杂的市声。

那么,它们是长错了地方吗?

我不能责备自己,因为别人的眼睛和耳朵与我的一模一样。

是上帝还是女娲创造了人类,这并不重要。重要的是我们每个人都有一颗跳动的心。

我的心说:我的眼睛是用来观赏花朵的,花朵将使我的眼睛更清澈;我的耳朵是用来倾听花开的声音的,花开的声音将使我的耳朵更敏感。

那么,我为何要违背自己的心灵呢?

如果我的眼睛不能为美而存在,我的耳朵不能为音乐而存在,我的心灵不能为美好的人与事而存在,那么我肯定是个怪物。

花开的过程,花开的声音,不该在我的视野之外、听力之外,否则,你、我、他的世界又会变成什么样子呢?

文/安武林

美,在于发现

　　我们长着眼睛,就是要看到美好的东西;长着耳朵,就是要听动听的声音。如果我们只是要看丑陋的东西,听难听的声音,那我们带给自己和他人的只能是烦恼和痛苦。

　　人们常说:世界上并不缺少美,只是缺少发现美的眼睛。而更多的时候,有眼睛还是不够的,重要的是要有发现美的心灵。只要我们的心中装着美好的人和事,那我们看到的就会是"花开的过程",听到的就会是"花开的声音"——一切都是美好的。美,无处不在。只要我们的心是为着美好的事物而存在,就会发现无尽的美。

赏析/陈龙银

莲荷满塘

　　阳光映照下,那朵朵荷花显得格外清丽与清亮,给人带来满目清凉。

　　盛夏,热气笼罩着大地,只有满池满塘的莲荷令人赏心悦目。

远看，莲叶犹如翠云团团，微风吹过，叶云翻卷，才见白的红的荷花开到了天边，与碧波蓝天融成一体。阳光映照下，那朵朵荷花显得格外清丽与清亮，给人带来满目清凉。

近看，片片莲叶高低错落，密密织织，绽开的荷花亭亭而立却又姿态各异。阳光把叶和花都染得深深浅浅，把荷的清馨和莲的清香散发开来，又给人带来满心清净。

文/张锦贻

好一派荷塘美景

这篇散文描写的是夏日荷塘的美丽景色。文章先总写，在盛夏，只有荷塘才那么吸引人，叫人心旷神怡。然后按由远及近的顺序写。写远景，重点写风儿吹拂下和阳光照耀下的美景；写近处，重点写莲叶和荷花的姿态及其清香。看，好一派荷塘美景！

将文章写得美而且真实，一定要以细致观察为基础。这篇文章在写远景时，说风吹过才能见到荷花，写近景时才描述了荷花和莲叶的香味，这就显得很真实，它一定是作者仔细观察的结果，而不是凭空想象的。小朋友，要写好文章，别忘了多观察生活。

赏析/陈龙银

神奇的声音

孩子想着帮妈妈"衔走"病的种子,他播下的便是爱的种子。

妈妈,你说你这几天病了,可"病"又是什么呢?是一粒种子吗?

如果是一粒种子,那又是谁给你种上去的?

我一定要把那个人找到,指责他不该给你种上痛苦和忧愁,而应该给你种上欢乐和幸福。

妈妈,你老静静地一个人躺在床上,让寂寞伴随着你,你不感到是孤独的吗?

你平时爱听大森林里鸟儿的歌唱,可现在却不能够,你的心里一定十分痛苦。

可我不知道怎样告诉那些鸟儿们,使它们的歌声在你的耳边重新响起。

我带着你的小小录音机,一个人来到大森林里,趁那些鸟儿们欢乐地歌唱的时候,我便偷走了它们的声音。

妈妈,你要听的那些鸟儿的声音,全被关在那个小小的匣子里,只要我一按它的开关,它们就会争抢着跑出来。

妈妈,你平时最喜欢听哪一种鸟儿的歌唱?是斑鸠、云雀,还是布谷?是杜鹃、白头翁,还是黄莺?

你想听它们的合唱呢?还是想听它们的独唱?

妈妈，也许你会说："我喜欢听所有鸟儿的歌唱，合唱和独唱我都喜欢。"

如果是这样，那就应该先听合唱，再听独唱。

妈妈，当你听完这些鸟儿歌唱的时候，你的病会好些吗？

也许你会亲吻着我的脸蛋，对我高兴地说："感谢你，我的孩子！妈妈的病已经失踪了！"

当我感到奇怪的时候，你会说："是你从森林里唤来那么多鸟儿，帮我把病的种子衔走了！"

文/王宜振

播下爱的种子

散文把妈妈的病比作一粒坏种子。如果是种子，我们就可以把它弄掉。找谁呢？"我"想到了小鸟，可以让鸟儿帮妈妈衔走病的种子。"我"要录下许多鸟的歌声放给妈妈听，妈妈听后就会好的。"我"有着一颗多么纯洁的爱心！

妈妈生病时，"我"时刻惦记着妈妈，想着各种办法让妈妈尽快摆脱病痛。妈妈只要明了孩子的爱心，心里一定会高兴的。快乐是治病的良方。孩子想着帮妈妈"衔走"病的种子，他播下的便是爱的种子。

赏析/陈龙银

树伯伯的心真好

是啊，树伯伯的心里装着所有的人，唯独没有他自己。

树伯伯的心真好。

夏天，太阳火辣辣的，天气那么热，那么热，可树伯伯却穿着厚厚的绿色棉衣裳，他们不管自己有多热，都给我们撑起一把大伞当空调。你瞧，大人们在伞下歇歇凉，说东道西的，好高兴啊；我们娃娃们在这把大伞下捉狗娃、藏猫猫，你追我赶好快乐呀……你说说，树伯伯的心好不好？

冬天，北风吹，雪花飘，天气那么冷，那么冷，树伯伯却把自己身上的衣服脱下来铺在大地上，唯恐把大地冻感冒了，为的是给大地送温暖。而他自己，却心甘情愿地站在风雪地里挨冻……你说说，树伯伯的心好不好？

是的，树伯伯的心真好！

文/刘育贤

树伯伯心里只有他人

散文一开始就说：树伯伯的心真好；然后分别说到夏、冬两季树伯伯给人们带来的一切，说出了树伯伯为人们作出的贡献;最后的总结句照应了开头。中间部分是文章的主体,写得很感人。

是啊,树伯伯的心里装着所有的人,唯独没有他自己。这是一种多么可贵的品质!我们的社会不正需要千千万万像树伯伯这样的人吗?

赏析/陈龙银

金色的大鸟

看啊,那只金色的大鸟,驮着爷爷,驮着孩子,驮着他们的希望,飞呀飞呀……

鸽子长大了,鸽子飞向蓝天白云。

孩子长大了,孩子聆听清脆的鸽哨。

忽然,孩子向鸽子飞去的方向,向蓝天白云喊出了他幼稚的向往:我也要飞,我要飞得比鸽子更高!

爷爷搬来一大摞书:来呀,孩子,这书中有一只金色的大鸟,你来找,每一本书里都藏着一片金色的羽毛。孩子,快来找,找出大鸟所有的羽毛。羽毛丰满的大鸟会驮着你,飞过高山,飞过海洋,飞进你未来的世界,去捉月亮,去追赶太阳。

好啊,爷爷。我们一起找,找出每一本书中的每一片羽毛,我们会有世界上最大最大的大鸟,驮着你,驮着我,去找回你快乐的童年,去寻找我金色的向往。

看啊,那只金色的大鸟,驮着爷爷,驮着孩子,驮着他们的希望,飞呀飞呀……

文/谭小乔

知识是我们飞翔的羽毛

孩子也想能像鸽子一样飞翔。爷爷告诉他,要想飞得高,就得有丰满的羽毛,而这羽毛就藏在书本里,每一本书里都有一片。飞翔是鸟儿的理想,它们要实现自己的理想,就得长出丰满的羽毛。我们要实现自己的理想,从小就应掌握丰富的知识,打好基础。知识是我们飞翔的羽毛。爷爷的比喻很恰当,很能启发人。孩子在爷爷的启发下,开始寻找飞翔的羽毛,开始畅游知识的海洋。

小朋友,你的理想是什么?你打算为实现自己的理想做些什么?

赏析/陈龙银

奇妙的声音

小朋友,保护环境,从我做起,从现在做起吧!

我喜欢站在高山顶上,倾听风和云彩的谈话,听那来自天空的声音。

　　我喜欢走进树林的深处,把耳朵贴在树干上,倾听树根和树叶的谈话,听水在树皮里流动的声音。

　　我喜欢躺在旷野,枕着青青野草,倾听地洞里小虫的歌唱,听土壤妈妈呼吸的声音。

　　我爱听那果实裂开的欢乐,爱听那花儿开放的笑声;我爱听那春蚕吃叶的沙沙细语,爱听那小鸟啄开蛋壳后的"唧唧"叫声。

　　……

　　真想让耳边常常响起大自然奇妙的音乐,永远听不到刺耳的噪音。

文/李少白

大自然的声音最悦耳

　　天空中,有风和云彩的对话;树林深处,有树根和树叶儿的谈话,以及树皮中水的流动声;青草地上,有小虫的歌声和土壤妈妈的呼吸声;那里还有花、果、蚕、鸟等各种东西发出的声音,好听极了。

　　散文把大自然的声音写得多么美妙!我们要想永远听到这悦耳的声音,要应好好保护自然环境。小朋友,保护环境,从我做起,从现在做起吧!

赏析/陈龙银

红　虾

凡·高生前的绘画成就始终没有得到世人的承认，但他死后，他所留下的作品却成了我们整个世界的仰之弥高、光彩夺目的珍品。

一八八六年十二月，一个最寒冷的黄昏，贫穷的凡·高因为付不起房租，被迫冒着刺骨的风雪来到一家廉价的小画铺的门前，几乎是央求着老板开了门，希望能收购下他的一幅刚刚完成的静物画。

是的，这个年轻的、还未成名的画家，他太贫穷了。他一个人流落在异乡，身边既无亲人也无朋友。虽然他每天都要从事十四至十六小时的绘画工作，但他的画却一张也卖不出去。他因此而受尽了人世的歧视与冷遇。他在寒冷的深夜里紧紧地裹着一条旧毛毯，给远方最亲爱的兄弟提奥写信说道：

"……我是多么希望能有个小小的、安定的栖身之所啊！实际上，这是我绘画唯一的必备条件。如果能有一份足以使我能在画室里不受任何困扰地画一辈子画的工资而工作，我就觉得自己很幸福了。"

但实际上呢，他连这么一点小小的希求都达不到。他在另一封信上诉说道：

"这几天我过得很不愉快。星期四我的钱已花光了，几天里我靠二十三杯咖啡加一点点面包为生，面包钱还是欠人家的。今晚下肚的只是一块面包皮了……然而创作却深深地吸引着我，我像苦力一样画着我的油画……"

生活是这样的不公平,青年画家又是如此的贫困无助!他知道,这一个冬天,如果再卖不出一张画去,那么,他只有被赶出旅店而露宿在风雪街头了。

还算幸运,小画铺的老板勉强购下了他的那幅静物画,给了他五个法郎。对于凡·高来说,这算是最大的恩宠了。他紧紧地攥着这五个法郎,赶忙离开了小画铺。

可是,就在这风雪交加的归途上,他忽然看见一个衣衫褴褛的小女孩,刚从圣拉萨教堂里走出来。小女孩很美丽,但从她那一双可怜的孤苦无助的眼睛里,青年画家一下子就看出来了,她也正处在饥寒交迫之中。

"可怜的孩子!"凡·高用忧郁的目光注视着这个正在有所哀求的女孩,喃喃地说道,"没有错,当风雪降临到世界的时候,所有的穷人都是困苦的。富人是不会懂得这些事的。"

这样想着的时候,青年画家完全忘记了房东此时正守在他的住处,等着他回去交房租呢!他几乎是毫不犹豫地把自己刚刚拿到手的五个法郎,全部送给了这个素不相识的、非常可怜的小女孩。他甚至还觉得自己所给予这个小女孩的帮助太少,太无济于事了。于是,便满脸惭愧地、逃也似的离开了小女孩,消失在巴黎冬天的凛冽的风雪之中……

仅仅过了四年,文森特·凡·高,这位尝尽了世间的饥饿炎凉和人生的孤独贫困的艺术家,便在苦难中凄惨地辞别了人世。这个可怜的、天才的画家,他仅仅活了三十七岁。

凡·高生前的绘画成就始终没有得到世人的承认,但他死后,他所留下的作品却成了我们整个世界的仰之弥高、光彩夺目的珍品。有谁能想到,他在辞世前一年画的那幅当时无一人问津的《鸢尾花》,在他死后还不到一百年,其售价竟高达五千四百万美元!

更没有人会想到,一八八六年冬天的那个黄昏,他那幅仅仅卖了五个法郎的静物画,若干年后,在巴黎的一家拍卖行的第九号画廊里,有人出价数千法郎购下了它!在这幅小小的静物画上,画的是几只诱人的红虾……

多么美丽的红虾啊！这位世界画坛上的"奥林匹斯山的巨神"，透过这小小的红虾，抒发了他那深沉的慈爱之情和崇高、善良的艺术家的良心。

文/徐　鲁

有爱心的、善良的画家

凡·高无疑是世界上最著名的画家之一。可他生前却默默无闻，画作卖不出去，生活窘困。有一天，他好不容易以五法郎的价码卖掉一幅画，却在回来的路上碰见一个衣衫褴褛的小女孩，便毫不犹豫地将五法郎送给了她。自己仅靠一点咖啡、面包维持生命，却能无私地帮助别人，我们的艺术家有着一颗多么善良的心！也许正是有着这样的爱心，画家才会画出那样的传世作品来。散文以典型事例来反映人物的品质，让人读后铭记难忘。

赏析/陈龙银

是上帝还是女娲创造了人类，这并不重要。重要的是我们每个人都有一颗跳动的心。

　　我的心说：我的眼睛是用来观赏花朵的，花朵将使我的眼睛更清澈；我的耳朵是用来倾听花开的声音的，花开的声音将使我的耳朵更敏感。

第二辑　母亲给出的答案

　　无论我们相信不相信,事实就是这样的:
世界上所有的人对我们都失望了,母亲不会;
所有的困难排队都来打击我们,母亲不会;一
切的不顺全来纠缠我们,母亲不会。也许我们
经常犯错,被伤害的和没被伤害的人都指责
我们,母亲仍旧不会。她只会微笑,道歉,赔不
是,接着理解、鼓励、宽慰,没有怨言,不求回
报。如果有人追问,我们的母亲也不会为难人
家,她的回答没有想象的长篇宏论,相反,只
有一个字:爱。

树皮小屋临水环寒
宽柔的蕉叶
送了你一程又一程
芦枝上停一只小蓝雀
不解这庄严的沉默

蜜　蜂

或许，为梦想而寻找已经成为它们的习惯，甚至一种享受了。

蜜蜂像是丢了东西的人，总在匆匆忙忙寻找。

故事说，蜜蜂寻找着一封古代皇帝留下的信件，信上写着小蜜蜂怎样可以变成一只飞越大海的鸟儿，变成鱼或一头大象。

虽然大家认为当一个蜜蜂已经很好了，轻盈，而且芳香。但蜜蜂还是愿意变成更大的动物，至少可以在水里游来游去。

传说这封信藏在花朵里面，当然它很小，只有一滴水的十分之一左右，上面的字小得只有蜜蜂才能看得清。蜜蜂们找遍了所有的花朵。找不到，就在空中"嗡嗡"地抱怨一番，接着飞向另一朵花。每找过一朵花，蜜蜂做一个记号。但花朵实在太多了，它有时来不及做记号，所以，时常返工，把花蕊重新翻检一遍，弄得到处都是花粉。

当它们太累的时候，就吐出蜜来。对蜜蜂来说，蜜就像一个日记本，记载着每一朵花的形状和颜色，包括花瓣的长短和花粉的味道。

有一天，一个蜜蜂老了。它的薄翅有许多地方已经残破，修补不好，飞不动了。它伏在槐树的枝上打瞌睡，看到许多年轻的蜜蜂飞来飞去，一时替它们惋惜。

它想告诉年轻的蜜蜂——当然这是善意的——不要再找那封信

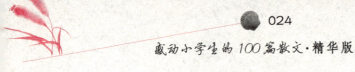

了,也许压根就没有这封信。但年轻的蜜蜂没时间停下来听老蜜蜂的劝告。也许就在听它劝告的时候,恰巧找到那封信了。

文/鲍尔吉·原野

追寻梦想

作者从一些小事物的身上,发现很多别人意想不到的东西,如本文中的蜜蜂,令人惊叹。

《蜜蜂》中的蜜蜂总是在花朵中不停地寻找,寻找那封写有怎样变成其他动物的方法的信件。时间在流逝,它们依然没有找到。但它们已经止不住寻梦的脚步了。或许,为梦想而寻找已经成为它们的习惯,甚至一种享受了。不论梦在何方,它们都心怀希望,坚持下去。或者,就在蜜蜂不停寻找的过程中,寻找本身已经成为了它们的目的,然后,在不经意间,它们获得了意外的惊喜——蜂蜜。

其实,人又何尝不是这样呢?只要满怀希望,坚持心中的信念,寻找适合自己的道路,那么,不论结果如何,你都会无怨无悔了。

赏析/吴晓颖

谢谢你问了我的姓

人没有贵贱之分，大家将心比心，世界将会变成美好的人间。

表叔喜滋滋地到我的单身宿舍里来了，满脸是漾开的笑容，一见我就说："哎，叔今天高兴哟。"我问他："是捡到钱包了？"他摇摇头。"是买彩票中奖了？"因为他得知村头李二狗买彩票得了三万块钱后，就天天去彩票点买一张，可他还是摇摇头。我说："到底是什么事嘛？"

表叔喝了一口茶说："今天早上，我在劳务市场上站了大半天，终于揽到了一个活儿，是让我去擦洗油烟机的，我就跟她去了。到了她家，她问我：'师傅你贵姓？'我一愣，在城里打工这么多年了，还从没有主顾问过我的姓呢。我不知道她为什么要问我，我说：'免贵，姓张。'那女人就说：'哦，张师傅，那就麻烦你了。'那女人一声张师傅喊得我心里暖暖的，这么多年，我的姓成了'某某的'，比如，通下水道的，洗油烟机的，灌液化气的，城里人的眼里哪有我们的存在呀，今天终于有一个人，那么认真地问我的姓，然后还称我张师傅，我好高兴哟。我卖力地擦着油烟机，我真恨不得把油烟机擦一层皮下来。"

他接着说："过了一会儿，那女的接了一个电话，听那意思是她单位上让她立马过去。她从皮包里掏出钱来，放在桌上，对我说：'张师傅，我要出去一下，你要擦好了，就把我的门锁上，工钱放桌上了。'看

第二辑 母亲给出的答案

如果感到幸福你就跺跺脚·精华版

着她走了,我的眼睛湿湿的。在这个城市里,许多人喊我做事,你到他家里,他的两只眼睛会始终不离你左右,等你走时还要对你上上下下望好几眼,生怕你拿了他的东西,可这个女人竟就这么走了。我把她的油烟机擦好后,我就走了,我没有拿走桌上的工钱,我留了一个小纸条给她了。"

表叔说到这里,停了下来,脸上又浮出了笑意,我催促他说:"纸条上都写了些什么?""谢谢你问了我的姓。"

文/余同友

将 心 比 心

这篇文章告诉我们一个道理:对别人多点信任和尊重,人与人之间的关系会更加和谐。

"谢谢你问了我的姓",简简单单的一句话,却是表叔的心声:渴望自己的劳动被尊重。"这么多年,我的姓成了'某某的'……今天终于有一个人,那么认真地问我的姓,然后还称我张师傅,我好高兴哟。"女人临走前,留下了工钱,还放心地让表叔锁门。他得到了顾客的信任和尊重,这对一向受冷淡和怀疑的表叔来说是莫大的鼓励,仿佛人世间温暖了许多。

随着社会发展,人的等级观念越来越明显。有一些处于社会底层的群体越来越被瞧不起。其实,他们大部分人是努力工作的,他们也有尊严,付出了劳动却得不到尊重,他们的心里也很难过。

你是否也曾经看不起他们呢?其实他们的劳动给我们的生活带来了许多方便,我们要感谢他们才对。

人没有贵贱之分,大家将心比心,世界将会变成美好的人间。

赏析/陈秋波

品 味 坦 诚

朋友之间只有猜忌，没有真诚的友谊，
那么，乐于助人的事情也只能成为空想。

　　我相信世界是美好的，人类大多是善良的，也相信邪恶的存在，不过很有限，所以做人处世坦诚相待，不像有些人那样处处、事事隐藏自己的真心，对人常说三分话，且言辞闪烁，吞吞吐吐，藏头畏尾，总让别人觉得深不可测，难以亲近。

　　在茫茫人海中，我时常感觉到，有的人和我一样，一见如故，真心相待，无话不说；而有的人与他共事多年，心存隔膜，彼此猜疑，处处提防别人伤害他。道理很是简单，在人与人的交往中，如果你能捧出一片坦诚对人，他人也会报以真挚的微笑，如果你虚情假意，心扉紧闭，最终只会失去亲戚朋友的信任、家人的爱戴，成为一个孤独而冷漠之人。因而，立身处世，人际交往，自己首先应该坦诚大方不矫揉造作，谦让谨慎而不自命清高。对人对事，既有主见，也有分寸；既有原则，也讲人情。在人生的道路上，我们一定要鼓起勇气，亮出坦诚。

　　坦诚，是一种心灵情感的交融；坦诚，能结出信赖和友谊的果实。有了坦诚，人与人便能患难相依；有了坦诚，人与人便能心心相印，前嫌尽释。

　　坦诚与虚伪如冰炭不能同器，如水火不能相容。自私胆怯的人怕见坦诚，心怀鬼胎的人躲避坦诚，而油滑世故的人蔑视坦诚。因而，任何时候,任何地方,不要把当面指责你的人想得太坏,也不要把当面恭维你的人想得太好。愿人人皆坦诚,用坦诚待你我,为构建和谐社会出点力。

文/关光琪

学 会 坦 诚

坦诚是什么?坦诚就是以心比心。我们只有学会坦诚,才能树立高尚的人格,交到真正的朋友,才能共建和谐社会。

有一首歌叫做《诚实的孩子》,这是坦诚最基础的注解。华盛顿小时候不小心用斧头砍断了他爸爸喜爱的树木。他没有隐瞒,而是勇敢地向爸爸坦白了一切,这让他从小就树立了高尚的人格,他的这一故事也传为佳话。

如果社会充满了尔虞我诈,人与人之间不坦诚相见,那么只会导致人心惶惶。朋友之间只有猜忌,没有真诚的友谊,那么乐于助人的事情也只能成为空想。坦诚是最基本的人格塑造,要想成为一个有用的人,就必须学会坦诚。不坦诚相见的人只会考虑个人利益得失,从不为别人着想,更谈不上有着高尚的人格,何况社会需要的是以诚相待的人才。社会的和谐需要每个人的坦诚贡献。

坦诚是人与人心灵相通的重要渠道,也是构建和谐社会的需要,我们都要学会坦诚。

赏析/李 婵

愿 望 井

勇敢地去寻找属于自己的愿望，你做好准备了吗？美丽的小船就在前方。

我们每个人都有自己的愿望，都希望实现自己的心愿。

街边跑过来一个男孩，他满头大汗，气喘吁吁。他刚听说在港湾的旁边有一眼愿望井，只要在井边闭着眼睛默默地说出自己的一个心愿，睁开眼睛，这愿望就能实现。他太希望有一条自己的船了，哪怕小一点。

终于来到了井边，男孩努力地使自己平静一点，闭上了眼睛，默默地在心里重复着自己的愿望："一条船，一条我自己的小船。"但他睁开眼睛，没有，什么也没有。

"难道是我不够虔诚吗？"不，他坚决地否定了。那么，是什么地方出了问题？他看见离井不远的地方坐着一位老人，就来到老人身边："请问，这难道不是愿望井吗？为什么我许的愿不能实现？"

老人问道："孩子，你许什么愿了？"

"我想要一条自己的小船。"

老人笑了，他从这孩子身上看到了当年的自己："孩子，像你这么大的时候，我也在这儿许了愿，想要一条属于自己的小船。"

"那么，你的愿望实现了吗？"孩子急切地问道。

老人把手向港湾处一指，那里停泊着一条美丽的小船："看见那条船了吧，孩子，那就是我的。"

孩子的眼里又充满了希望,他想要的正是一条这样的船。"您能告诉我,您是怎样得到它的吗?"

"当然,孩子,那时我像你一样在这儿许了愿,然后,我就去努力地工作,为了实现这个愿望,我干过许多种活,终于,有一天,我有了这条属于我自己的小船。"

孩子明白了,他告别了老人,坚定地向港口走去。在那儿,他找到了一条需要清洗的轮船,拿起墩布干起活来,一个小时过去了,在离开的时候,他的手心攥着一块银光闪闪的硬币,他知道,他今天虽然没有得到自己的小船,但已经向自己的理想走近了一步。

幸福不会凭空从天而降,真正的理想实际上要包括自己实现这一理想的过程,否则就只能说是幻想了。而且,实现这一理想的过程越困难,付出的心血越多,从中得到的欢乐也才会越多。

一个孩子,他自己在山野里找到了一些别人没有发现的近乎青涩的野果子,他从中得到的快乐,会远胜于后来他妈妈在市场上给他买来的大苹果所给予的快乐,因为那是他的果子,是他自己费尽了辛苦、手被荆棘扎出了血才得到的果子。

我们也要亲自去找属于我们自己的果子,找,总是能找到的。

文/何怀宏

实现愿望

每个人都有自己的愿望。你的愿望是什么呢?怎样才能实现愿望呢?《愿望井》告诉我们,只要找准了自己的目标,朝着目标的方向,一步一步地向前走,我们就会尝到寻找的快乐。总有这么一天,我们能够实现心中的愿望。如果仅仅是抱着自己的愿望,在一旁默默空想,没有任何实际行动,那么,你的愿望永远都不会实现的。

勇敢地去寻找属于自己的愿望,你做好准备了吗?美丽的小船就在前方。

赏析/庞丽丽

善 待 人 生

和同学闹矛盾了,应该用一种良好的心
态去对待,真诚地与他们相处。

小时候,我是我们街坊中最小的、也是唯一的女孩子,经常受邻居男孩子的欺侮。每当我受到委屈时,妈妈就抚摸着我的头发,慈祥地说:"以善良征服他们。"

这对一个想用拳头进行反击的孩子来说,是一个不中听的忠告。在过去的许多年里,当有人对我出言不逊时,我曾经照例是反唇相讥。其结果往往是伤害了别人,也使自己更加孤独。对此我百思不得其解。

后来,我按妈妈的忠告,试着以善良对付曾经受到的不公平——一句诚挚的赞美,一声庆贺之辞或一丝愉快的微笑。真奇怪,我不止一次听到"我错了"这句话。我的朋友渐渐多了起来,男孩子们再也不欺侮我了。

译/劳 山

善 待 别 人

善良是一种美好的品德。欧洲谚语说:"一颗善良的心就是一桌永恒的筵席。"

　　我们受到欺侮的时候,是不是也曾经像文章中的小女孩一样,用拳头来解决心中的怨气?但这么做只能使得事情越来越糟而已,不利于问题的解决。

　　为什么我们不试试"善良"的方式呢?和同学闹矛盾了,应该用一种良好的心态去对待,真诚地与他们相处,他们一定会被打动,不再欺负我们,也会以真诚来与我们相处的,接着朋友就会慢慢多起来了。你想,那是一件多么令人愉快的事情啊!

　　试试善待别人吧。

　　　　　　　　　　　　　　　　　　　赏析/邓翠芳

油　伞

　　　　小报童虽然生长在不富裕的家庭,但他
　　有很好的教养,拥有一颗善待别人的心,拥有
　　一个高贵的灵魂。

　　人,无论谁,都有一两件感到后悔的事情。

　　虽然这是几十年前的事了,但回想起来,我的内心深处还在隐隐作痛,还在自责。

　　那是我三十岁的时候,一个夏季的黄昏,我发现了一个遇到阵雨、在我家房檐下避雨的报童。天空降着瓢泼大雨,为了不使报纸淋湿,报童弯着身子,抱着报纸。

这个报童，身穿一件旧衬衫和一条薄裤子，看起来他生长在一个不富裕的家庭，为了补助家计而拼命地干活。当时的日本并不繁华，送报的工作都是一些穷苦人家的孩子来干。

我想把家中的伞借给他，心里又出现了一种不安。

把伞借给这个穷孩子，他还能还给我吗？于是，我把家里一把已经不能使用的破油伞借给了他。

翌日清晨，那报童来到我家。"阿姨，昨天谢谢了。"当我想晾伞而把伞打开时，我愣住了，伞的破漏之处被修补得整整齐齐、漂漂亮亮，成了一把好伞……

我心如潮涌，泪水一下溢满了眼眶。

文/[日]竹内春子

高贵的灵魂

小报童虽然生长在不富裕的家庭，但他有很好的教养，拥有一颗善待别人的心，拥有一个高贵的灵魂。物质与灵魂之间没有必然的联系。这和身残志坚的道理一样。身体是残缺的，却不阻碍选择远大的志向和坚定的意志，有的还因此创造出辉煌的业绩呢。

高贵的灵魂还能感染别人。小报童感染了阿姨。身残志坚的人鼓舞了其他的残疾人，甚至激励了不少身体健康但意志低沉的人。

拥有一颗高尚的灵魂不是天生就有的，需要培养。只要不断鼓励自己和纠正自己，相信我们都能做得很好的。

小朋友，不管你的家庭富裕不富裕，都应该给自己一个像小报童那样的高贵的灵魂。

赏析/小小的雨

如果感到幸福你就跺跺脚·精华版

母亲给出的答案

因为你是一只海鸥，你的起飞过程比较长，你要有储蓄力量的足够耐心。

有个孩子对一个问题一直想不通：为什么他的同桌想考第一一下子就考了第一，而自己想考第一却考了全班第二十一名？

回家后他问："妈妈，我是不是比别人笨？我觉得我和他一样听老师的话，一样认真地做作业，可是，为什么我总比他落后？"妈妈听了儿子的话，感觉儿子开始有自尊心了，而这种自尊心正被学校的排名伤害着。她望着儿子，没有回答，因为她不知该怎样回答。

又一次考试后，孩子考了第十七名，而他的同桌还是第一名。回家后，儿子又问了同样的问题。她真想说，人的智力确实有三六九等，考第一的人，脑子就是比一般人的灵。然而，这样的回答，难道是孩子真想知道的答案吗？她庆幸自己没说出口。

应该怎么回答儿子的问题呢？她真想重复那几句被上万个父母重复了上万次的话——你太贪玩了；你在学习上还不够勤奋；和别人比起来还不够努力……以此来搪塞儿子。然而，像她儿子这样脑袋不够聪明，在班上成绩不算突出的孩子，平时活得还不够辛苦吗？所以她没有那么做，她想为儿子的问题找到一个完美的答案。

儿子小学毕业了，虽然他比过去更加刻苦，但依然没赶上他的同桌，不过与过去相比，他的成绩一直在提高。为了对儿子的进步表示奖赏,她带他去看了一次大海。就是在这次旅行中,这位母亲回答了儿子的问题。

现在这位做儿子的再也不担心自己的名次了,也再没有人追问他小学时成绩排第几名,因为他去年以全校第一名的成绩考入了清华大学。寒假归来时,母校请他给同学及家长们做一个报告。其中他讲了小时候的一段经历:"我和母亲坐在沙滩上,她指着前面对我说,你看那些在海边争食的鸟儿,当海浪打来的时候,小灰雀总能迅速地起飞,它们拍打两三下翅膀就升入了天空;而海鸥总显得非常笨拙,它们从沙滩飞入天空总需要很长时间,然而,真正能飞越大海横过天空的还是它们。"这个报告使很多母亲流下了眼泪,其中包括他自己的母亲。

文/佚　名

孩子,你是海鸥

如果你很想考第一名,但没能考取,而你与第一名的同学是一样的用功,一样的听老师话,一样的完成作业。我们说,不是因为你笨,而是因为你是一只海鸥。

与小灰雀相比,起飞时,海鸥的确很笨拙,不像灰雀那样很迅速就升入了天空。但真正能飞越大海横过天空的依然是海鸥。因为海鸥需要储蓄足够的动力来支撑自己升入天空,这个储蓄的过程看起来很久,很笨,但却是必不可少的。这个过程不容易被人理解,所以常被人误认为笨。实际上,这是成大器的表现,不是有一句话叫"大器晚成"吗?

孩子,如果你很多次都没考取第一名,请不要灰心丧气,请继续努力。因为你是一只海鸥,你的起飞过程比较长,你要有积蓄力量的足够耐心。不断地努力,不断地争取,总有一天你会考到第一,真正地飞越大海横过天空!

赏析/陈惠琼

与众不同的妈妈

带上真诚和耐心吧，相信你也将会是个善解人意的人。

小时候，妈妈简直就是我的"心腹大患"，因为她太与众不同了。我很早就知道了这一点。

去其他孩子家玩的时候，他们的母亲开门后，说些"把你的脚擦干净"或"别把垃圾带到屋里"之类的话，不会让人觉得意外。但在我家，却是另外一种情形。当你按响门铃后，就会有故作苍老的孩子的声音从门里传出来："我是巨人老大，是你吗，山羊格拉弗？"或者是甜甜的嗓子在唱歌："是谁在敲门呀？"有时候，门会开一条缝，妈妈蹲伏着身子，装得跟我们一样高，然后一板一眼地说："我是家里最矮的小女孩，请等会儿，我去叫妈妈。"随后门关上大约一秒钟，再次打开，妈妈就出现在眼前——这回是正常的身形。"哦，姑娘们好！"她和我们打招呼。

每当这时候，那些第一次来的伙伴会一脸迷惑地看着我，仿佛在说："天哪，这是什么地方？"我也觉得自己的脸都让妈妈给丢尽了。"妈——"我照例向妈妈大声抱怨。但她从来不肯承认她就是先前那个小女孩。

说实话，大人们都很喜欢妈妈，但毕竟与妈妈朝夕相处的是我，而不是他们。他们一定无法忍受"观察家"的存在。这是个隐形人，妈妈经常跟他谈论我们的情况。

"你看看厨房的地面。"往往是妈妈先开口。

"哎呀，到处是泥巴，你才把它擦干净，""观察家"同情地答道，"他们就不知道你干活有多累？"

"我猜他们就是健忘。""那好办，把污水槽的抹布交给他们，罚他们把地面擦干净，这样才能让他们长记性。""观察家"建议。

很快，我们就人手一块抹布，照着"观察家"给妈妈的建议开始干活了。

"观察家"的语调和妈妈如此迥异，以致根本没人怀疑那就是妈妈的声音。"观察家"注视着家庭成员的一举一动，不时地挑毛病、出主意，所以我的朋友们经常问我："谁在跟你妈妈说话？"

我真不知如何来回答。

时间流逝，妈妈的言行没有丝毫变化，但她在我心目中的形象有了改善，一个偶然事件使我第一次意识到，拥有与众不同的妈妈是很不错的事。

我家住的那条街，有几棵参天大树，孩子们喜欢沿着树爬上爬下。如果有一个妈妈逮到哪个孩子爬树，马上就会引来整个街区的妈妈们，然后是异口同声地呵斥："下来！下来！你会摔断脖子的！"

有一天，我们一群孩子正待在树上，快活无比地将树枝摇来摇去。刚好我妈妈路过，看到了我们在树上的身影。当时，大伙儿都吓坏了。"没想到你还能爬这么高，"她大声冲我喊，"太棒了！小心别掉下来！"随后她就走开了。我们趴在树上一言不发，直到妈妈在视野中消失。"哇！"一名男孩情不自禁地轻呼。"哇！"那是惊讶，是赞叹，是羡慕我拥有这样一个与众不同的妈妈。

从那天起，我开始留意到，同学们下午放学回家的时候，总喜欢在我家逗留一段时间；同学聚会也经常在我家举行；我的伙伴们在自己家里沉默寡言，一到我家，就变得活泼开朗，跟我妈妈有说有笑。后来，每当我和这些伙伴遇上成长的烦恼时，总愿意向我妈妈求助。

我庆幸自己是妈妈的女儿，我终于喜欢上了妈妈的与众不同，而且为有这样的妈妈感到十分自豪。

文/[美]珍玛丽·库根　译/汪新华

如果感到幸福你就跺跺脚·精华版

因善解人意而与众不同

　　小孩子对于世界上的许多法则、道理都不懂，需要耐心和善意的引导。责骂和死板的要求都不是成功的教育方法。与众不同的妈妈则把自己放在儿童的角度，既让他们保持儿童需要玩乐的天性，又懂得教会他们热爱劳动和注意安全的意识。其实不是妈妈与众不同，是妈妈善解小孩的心意而已，因此得到了孩子们的喜欢。

　　善解人意的妈妈受人欢迎，其实谁善解人意谁就会受人欢迎。在我们身边，那些乖小孩是不是比较受人喜欢呢？主动地帮妈妈做家务、帮老师维持课堂纪律；同学不开心了，主动地陪伴等等。带上真诚和耐心吧，相信你也将会是个受人欢迎的孩子。

赏析/下弦月

生命不相信绝望

拥有坚定的信念，不绝望，坚持再坚持，
你一定会成功的！

　　那年夏天，我和同学们去游泳，游玩中，不谙水性的我突然沉入水中，我手忙脚乱地蹬上来，双手冲出水面去扒池边，竟失手了！我再次跌入水里，慌忙之中双脚猛蹬，两手乱抓，却抓不住池边了。我挣扎着，巨大的恐惧突然攫住了我的心。我不再乱动，努力下沉，再下沉，争取触到池底。然而，很久很久，我的两脚依然空空的。冥冥之中，一个意念在我脑海里闪动：一定要努力下沉再下沉，一定能成功，一定能成功！

然而，两只脚依然空空的，唯有水，那可恶的水破开我的嘴唇，一口，再一口，一连灌了几口，我实在憋不住了，我要完了，我真想放弃努力，任凭水去摆布。可是我不相信绝望，我强闭着嘴唇坚持着，鼓励自己：坚持下去！坚持下去！突然，脚触到了硬物，那分明是坚硬的池底！我坚持着再沉，终于，双脚平踩在池底上，再猛地一蹬，冲出水面，双手扒住了池边。我大口喘着气，眼泪也跟着流了出来……

喘定了，哭过了，我瘫在光洁的池边，奄着眼环顾四周：池中男男女女，包括那些熟悉的同学们，或游或戏，欢声笑语，没有人注意我，更不会知道，在这平静的池边，我刚刚经历了一场生与死的搏斗。

文/张　静

永不绝望

作者由于不相信绝望，努力坚持，相信自己一定能沉到水底，一定能成功，最终赢得了这场生与死的搏斗。他有着多么坚定的信念啊！如果他不是有那样的意念在驱使着，后果是可想而知的。

所以，当我们遇到困难或挫折的时候，千万不能对自己灰心，千万不要放弃，要勇敢地面对它。一次考试失败，不能因此就放弃学习；一次比赛没有获胜，那么就为下一次比赛的到来而努力吧。怎能一蹶不振呢？要相信自己下次可以做得更好，也许下一次就成功！

拥有坚定的信念，不绝望，坚持再坚持，你一定会成功的！

赏析/邓翠芳

成功就是战胜自己

最成功的人，不是天生就一帆风顺的人，而是经过种种考验，坚持下来，在逆境中站起来的人。

波恩和嘉琳是对孪生兄弟。在一次火灾事故中，消防员从废墟里找出了兄弟俩，他们是从火灾中仅生存下来的两个人。

兄弟俩被送往当地的一家医院，虽然两人死里逃生，但大火已把他俩烧得面目全非。"多么帅的两个小伙子！"医生为兄弟俩惋惜。波恩整天对着医生唉声叹气：自己成了这个样子以后还怎么出去见人，还怎么养活自己？波恩对生活失去了信心，再也没有活下去的勇气，总是自暴自弃地说："与其赖活还不如死了算了。"嘉琳努力地劝波恩："这次大火只有我们得救了，因此我们的生命显得尤为珍贵，我们的生活最有意义。"

兄弟俩出院后，波恩还是忍受不了别人的讥讽偷偷地服了安眠药离开了人世。嘉琳却艰难地生存了下来，无论遇到多大的冷嘲热讽，他都咬紧牙关挺了过来，嘉琳一次次地暗自提醒自己："我生命的价值比谁都高贵。"

一天，嘉琳还是像往常一样送一车棉絮去加州。天空下着雨，路很滑，嘉琳发现不远处的一座桥上站着一个人。嘉琳紧急刹车，车滑进了路边的一条小沟。嘉琳还没有靠近年轻人的时候，年轻人已经跳下了河。年轻人被他救起后还连续跳了三次，直到嘉琳自己差点被大水吞没。

后来嘉琳发现自己救的竟是位亿万富翁，富翁感激嘉琳，和嘉琳一起干起了事业。嘉琳从一个积蓄不足十万元的司机，凭着自己的诚心经营发展成为一个拥有三亿两千万元资产的运输公司。几年后医术发达了，嘉琳用挣来的钱休整好了自己的面容。

我们常说人在逆境中首先要战胜的不是别人而是自己，战胜了自己也就战胜了别人。我们在最困难的时候战胜了自己，就能顶住外来的压力，成就自己。

文/余红军

在逆境中成就自己

嘉琳真是好样的！他知道得到第二次生命是多么不易，生命和外貌相比确实珍贵多了。丑陋的外貌固然难免遇到冷嘲热讽，我们可以不去理会，因为活得有意义才是最有价值的。

最成功的人，不是天生就一帆风顺的人，而是经过种种考验，坚持在逆境中站起来的人。在逆境中，他首先战胜了自己，包括对压力的恐惧，对自己信心的考验。人连自己都战胜了，还有什么是不能战胜的呢？

你愿意做一个在逆境中成长起来的人吗？你还会埋怨自己天生不如别人富有，怀疑自己天生不及别人聪明吗？你还会为外貌难看而自卑吗？陷入困难时，你还会手足无措、不知如何是好吗？嘉琳给了我们答案：我们在逆境中首先要战胜自己，才能成就自己。

赏析/小维猪

珍惜的变数

不管是容易得到的，还是梦寐以求的，好好珍惜，我们的生活就会充满意义。拥有很多，生命就会很精彩很快乐。

美国的天堂动物园里，新来了一个喂河马的饲养员。老饲养员给他上的第一堂课，让他有点接受不了。听起来也确实有点离奇，老饲养员告诉他，不要喂河马过多的食物，不要怕它饿着，以免它长不大。新来的饲养员听了这话，十分纳闷。心想，世上怎么会有这种道理，为了让动物长大，而不要喂过多的食物。他没有听老饲养员的话，拼命地喂他那只河马。在他喂养的河马前，到处都是食物。人们无不感到他的仁慈和善意。

但两个月后，他终于发现，他养的这只河马，真的没有长多少，而老饲养员不怎么喂的那一只，却长得飞快。他以为是两只河马自身的素质有差别。

老饲养员不说什么，跟他换着喂。不久，老饲养员的那只河马又超过了他喂的河马。他大惑不解。

老饲养员这时才一语道破天机：你喂的那只河马，是太不缺食物，反而拿食物不当回事，根本不好好吃食，自然长不大。我的这一只，总是在食物缺乏中生活，因此，它十分懂得珍惜，是珍惜使它有所获得，长得健壮。珍惜是一种正常的生命反应，甚至是一种促进，是生活中的需要，而不是离奇的假说。

日本的一家动物园里，一个常年喂养猴子的人，不是将食物好好地摆在那儿，而是费尽心思，将食物放在一个树洞里，猴子很难吃到。正因为吃不到，猴子反而想尽了办法要去吃，猴子整天为吃而琢磨，后来终于学会了用树枝努力地去够，把食物从树洞里弄出来。

别人都很奇怪，对养猴子的人说，你不该如此喂养猴子。

养猴子的人却说，这种食物猴子是很没有胃口的。平时，你真给猴子摆在跟前，它连看都懒得看，它也根本不会去吃。你只有用这种办法去喂它，让它很费劲地够着吃，它才会去吃。你越是让它够不着，它才越会努力去够。正因为猴子很难得到它，在得到它时，才会珍惜。是珍惜使不好的东西变为了好东西。

养猴子的人和养河马的人，从日常生活中都发现了一个真理，不能"好好"喂养他们的动物。或说不管怎样，得让它们有点费劲，学会去够，只有努力去够的东西，其实才是好东西。

生活中有许多我们并不需要的东西，但就是因为我们够着困难，又十分费劲，还不一定能够得着，我们才去珍惜，才觉得它贵重。天下有许多事，一旦容易了，就等于过剩，人们就会抛弃它。不管它是多，还是少，它的原有价值都会被降低。

人世间，什么是最好、最宝贵的？解释多种多样。但有一条是准确的，就是那些往往离我们最远、又最难够到的东西最为宝贵。当然，这些东西有时并非是我们真正需要的。因此，珍惜，在生活中永远潜藏着不可预知的变数。比如，我们常会付出极大的代价，把我们十分珍惜的东西想方设法弄到手，但在过后的日子里，我们却发现，这种千方百计弄来的东西并没有那么高的价值。我们最终常常是把这些东西放烂或是遗弃，但它却使我们懂得了珍惜，有了追求。

生活中，我们正是因为懂得了珍惜，才使我们无处不获益。总之，把一切"稀少"、"难得"当成宝贝，对一切够不着的东西努力去够，是人类的本性。这种伟大的本性，也是生命不断延续下去的深奥秘密。

"够不着"与"珍惜"是永远分不开的两样东西。它们相辅相成，作用于我们的生活，努力去珍惜，努力去够，才使我们的生命变得更美妙更多彩。人生中的许多发现、许多创造也都尽在其中。

文/星 竹

因为珍惜，所以精彩

拥有很多食物的河马，对食物不屑一顾，结果弄得自己很瘦很瘦。给它很少食物，反而乖乖地吃食。大家是不是觉得好笑呢？

仔细留意，类似的事情也常常发生在我们身上。衣服太多，我们会挑来挑去不知道要穿哪件，结果穿出来往往不满意；糖果太多，会让它们继续放着，直至坏掉；朋友太多，我们会不珍惜，对谁都不在意……是不是这样呢？因为多的缘故，所以常常被我们熟视无睹。反而，那些我们不容易得到的东西，我们就很稀罕了。例如，考试第一啦，去某个自己很喜欢的地方旅游啦，登上月球啦等等。因为稀罕，我们就有了努力的动力，拼命地读书、赚钱。那些人之所以能飞上太空，也一定是因为稀罕，很想很想达到目的的缘故，所以不断地努力、不断地探索，最终成功了。

当然，不是所有的珍惜和努力都是有很大价值的，有时仅仅因为自己没有才希望拥有而已，就好像看着别人吃雪糕很美味，自己也嚷着要吃。

但我们仍然应该学会，不管是容易得到的，还是梦寐以求的，好好珍惜，我们的生活就会充满意义，拥有很多，生命就会很精彩很快乐。

赏析/小天秋

第三辑　追赶太阳

　　生命最原始的动力，也许只有这样一个——前进。是的，这是我们生存和生活的本能。也许有和我们的生命类似的动物，它们喜欢后退，但那不是生命的动力，而只是一种生存技巧，或者说，那是以退为进。因为本能，我们可以没有任何理由地努力，前进，前进。我们的方向是前方，我们的目标是光明，我们的过程是追赶。最后的结果不一定有多远多大，但肯定是为大众的、温暖而向上的，就像太阳。

秋,在树叶上日夜兼程
钟点过了
立刻陈旧了
黄黄地飘下
我们被挟持着向前飞奔

小 猴 写 诗

小猴爱写诗歌。他为小乌鸦写了一首诗："小小乌鸦，身穿黑褂；叫声哇哇，人见人骂……"

小乌鸦听了，气得"哇哇"叫。

小猴又为小狗写了一首诗："小狗小狗，爱啃骨头；见人撒娇，活像小丑……"

小狗气得朝小猴"汪汪"直叫。

时间长了，朋友们都不愿和小猴玩了。小猴很苦恼，向老牛爷爷诉苦："老牛爷爷，我只不过如实写了几首诗，他们怎么就不和我好了？"

老牛爷爷开导他说："孩子，如果别人老骂你，你还高兴吗？"

小猴好像明白了什么，他又给小乌鸦写了一首诗："小小乌鸦，捉虫回家，喂他老妈，人见人夸……"

接着，小猴又为小狗写了一首诗："小狗小狗，看家好手；见到小偷，咬他一口……"

不久，大家又和小猴一起玩了，小猴高兴地说："谁要伤害了朋友，最终只能孤立自己！"

文/端 午

伤害别人,只会孤立自己

　　小猴爱写诗,是好事儿。可他开始写的诗都是说别人的缺点,数落别人的不是,写这样的诗等于在骂别人。我们可以自己想一想:你会喜欢一个骂你的人吗?当然不会。小猴后来又为什么有了很多好朋友?因为他知道了自己的错误,改正了缺点,写的诗也是说别人的长处,大家当然喜欢他了。所以说,伤害别人,最终孤立的将是你自己。

赏析/陈龙银

朋　友

朋友们友好相处,其乐无穷。

　　我是一只蝉,我有许多好朋友。

　　当我住在地底下时,朋友们常来看我。他们是:走路弯弯曲曲的蚯蚓,爱玩迷宫游戏的鼹鼠,穿着厚厚铠甲的穿山甲,田鼠姐妹,青蛙兄弟。

　　有一天,我钻出地面,认识了许多新朋友:勤劳的蚂蚁,背着小屋旅行的蜗牛,有许多只脚的蜈蚣,还有大片的青草,草叶上的露珠和蜻蜓。

　　爬到树中间时,我的朋友更多了。住在树洞里的熊,爱在树干上

"打字"的啄木鸟,喜欢在树桠上荡秋千的猴子,等等。

我喜欢爬到树顶唱歌给朋友们听。

小鸟飞来了,蝴蝶飞来了,会变魔术的云朵飞来了。树上美丽的花,香甜的果,还有天上飘来飘去的蓝风筝,都喜欢我的歌。

我是一只蝉,我有许多好朋友。

亲爱的小读者,你有哪些好朋友?

文/萧　袤

蝉的朋友真不少

蝉的朋友真不少。它在地下、在地面、在树中间和在树顶上时都有许许多多的朋友。朋友们友好相处,其乐无穷。

这篇散文是按蝉的生活史来写的,很有条理,说明有朋友快乐无比,也反映了大自然的美好,表达了作者对自然和真情的赞美以及向往。

赏析/陈龙银

春天的早晨

一年之计在于春,一日之计在于晨。

早晨,太阳公公醒了,他把金闪闪的阳光洒向大地。

大树醒了,轻声叫着小鸟:"鸟儿,鸟儿,醒醒吧,太阳公公出来啦!"鸟儿们拍拍翅膀,快快乐乐飞向远方。

五颜六色的小花醒了,她们微微点头,频频招手,在向太阳公公打招呼呢!亮堂堂的小房子也醒了,当他睁开眼睛时,他的小主人已经来到房前,正在"一二一"做着早操呢!

文/陈晓诚

一日之计在于晨

人们常说:一年之计在于春,一日之计在于晨。早晨是一天的开始,它是一天中最美好的时光。你看,小树、小花起来了,小鸟们也起来了。我们的小主人当然也不会落后,他已经来到房前做早操了。美好的时光不能白白浪费,有了好的开端,这一天一定过得充实而有意义。

赏析/陈龙银

回　家

小朋友,你是怎么理解"家"的?

傍晚,大街上车水马龙。忙了一天的人们都急着回家。

小朋友们也背着书包,高高兴兴地回家。

这时，马路两旁的大树上可热闹了。你听，"叽叽叽，喳喳喳"，是小鸟在唱歌呢！

嘿，原来，傍晚小鸟也回家了。早晨，它们各飞东西，现在又从四面八方飞回来了。它们正你一句，我一句，争着谈一天的见闻呢！

天渐渐地黑了下来，人们都回到了家。

树上的小鸟也停止了歌唱，进入了甜甜的梦乡。

回家，回家，回家，快回到自己温暖的家……

文/冯　杰

家中最温暖

傍晚，大人孩子都赶着往家走，连小鸟都回到树上自己的家中。当夜幕降临的时候，人们已经回到家中，而鸟儿们也安静下来，进入梦乡。家是宁静的港湾。当你忙碌了一天回到家中时，心中一定有着说不出的舒适感。家，永远是你感到最温暖、最安全的地方。小朋友，你是怎么理解"家"的？

赏析/陈龙银

二姐·拜年糖

二姐用自己的爱心和行动赢得了别人对她的爱和尊重。

在我的印象中，上小学时，每个班都有一两个这样的女生：面黄肌瘦,胆小怯懦,沉默寡言。于是,班上的调皮男同学动不动就欺侮她们,取笑她们。我的二姐在学校里就属于这类女生。

二姐在家里的处境也好不到哪里去,大哥大姐早给她取了个野名"勾脑壳"。因为二姐一天中除了睡觉外,脑壳总是勾着的,从不敢正眼看人。

有时二姐被大哥他们逗久了,就张开长着黑牙齿的嘴巴,站到屋角落里去哭,一哭就是半天。我也跟着大姐们又唱又喊:"黑牙齿,吃狗屎,吃不完,该打死。"有时,爹妈收工回来就真要打人,但总不会打我,因为我是家里的"老满"。

六岁那年的正月初一,我病在床上,不能去讨"拜年糖"(拜年糖是集体化时期,整个院子里的孩子在正月初一这天,成群结队地去各家拜年讨来的糖,又叫百家糖)。说吃了这种糖可免灾避邪。而我们却是由于嘴馋。因为当时的生活确实很苦啊。看着大哥、大姐们都出去讨糖了,我急得坐在床上哭。

生来胆小、从没出去讨过拜年糖的二姐,见我哭得伤心,讷讷地说:"小弟,别哭,二姐帮你去讨拜年糖。"二姐说完,单瘦的身影颤颤抖抖地消失在门外凛冽的寒风中。

中午,二姐冻得满脸青紫地回来了。她走到我床前,通红的小手递给我一颗皱巴巴的纸包糖。

我看到就只有这么一颗糖,气得抓起那颗糖摔在地上,并大哭起来。因为我以前每年都是能讨一大兜糖回来的呀,二姐竟只给我一颗糖!

妈妈闻声走了过来,见状,将二姐噼啪就是一巴掌:"你这个馋鬼,馋死你啊,就只给弟弟留一颗糖,没看到弟弟病了?!"

二姐又呜噢噢地咧着嘴巴、躲到屋角落里哭去了,但她的眼睛只盯着地上那颗糖,却不敢去捡。我在心里暗暗骂二姐:"这么嘴馋,难怪生了一口吃狗屎的黑牙齿……"

接着,三姐回来了,我们才知道——由于二姐生来胆小内向,不敢像别人一样甜甜地对人家说"拜年"、"发财"之类的话,所以,孤零零的二姐,整个上午,她就只讨回那一颗纸包糖!

妈妈泪盈盈地拾起地上那颗纸包糖,递给二姐,并把二姐紧紧地搂在怀里……

后来，二姐又悄悄地把那颗拜年糖送给了我。这已是新年开学后，去学校报名路上的事了。

文/谢长华

胆小却有爱心的二姐

在这篇散文中，作者写的是自己的二姐。"我"二姐的特点是：胆子很小，但很有爱心。她总是勾着头，不敢正眼看人，有了委屈也只会躲到一边哭，大家常取笑她。——多胆小的二姐。但她的爱心却让所有人感动："我"病了，想吃糖，她冒着寒风，竟也敢出去要糖了。虽然"我"和妈妈一开始误解了她，但那确实是她一上午的"成果"。大家了解了真相后，无不为之感动。二姐用自己的爱心和行动赢得了别人对她的爱和尊重。

赏析/陈龙银

四 季 组 歌

每个季节都有它的特点和可爱之处。

春 天

脱掉厚厚的冬衣，春天来了！

我们到草地上去打滚,让茸茸的草芽儿亲我们的脖子。

我们到花园里去捉迷藏,让鲜艳的花朵遮住我们的笑脸。

我们到池塘边去画画儿,看柔软的柳枝在水面上点出一个个酒窝儿。

我们到山坡上放风筝,听布谷鸟唱出美丽动听的歌儿。

我们的嗓子眼儿也痒痒的,大家拍着小手,一起为春天唱一支歌。

夏 天

女孩子说:夏天真好,可以穿花裙子,可以吃冰淇淋……

男孩儿说:夏天真好,可以到海滩游泳,可以打水仗,可以上树捉知了。

从南到北,阳光都是那么明媚,大地都是那么葱茏。

满眼的绿呀,有时连空气都是绿的。

暴雨来时,我们手拉手冒着雨疯跑,笑着闹着,连雷声也听不见了。

秋 天

秋天是一块调色板,五彩缤纷,什么颜色都有。

枫叶是红色的,稻谷是金色的,森林是绿色的,天空是蓝色的。

湖水倒映着蓝天,你会认为,水里还有一个天空。

瞧,那一行美丽的白天鹅,怎么也在水里飞?

冬 天

小白狗说,冬天跟我一样,到处是白白的,毛茸茸的。

一早起来,山穿上白衣裳,树长出白胡子,房顶戴上白帽子,河面上结了冰,村外的路也看不见了,小朋友们在村口堆雪娃娃。

到处是亮晶晶的白色,亮得让人睁不开眼睛。

小白狗蹦蹦跳，在雪地上踩出一串美丽的脚印。它高兴地唱起歌来，山野里回荡着"汪汪汪"的声音……

文/莫衍琳

一年四季都是歌

一年中，你最喜欢哪个季节？无论你喜欢什么季节，这都不重要。其实每个季节都有它的特点和可爱之处。这篇散文按季节来写，写出了不同季节的美好。小朋友，每个季节在你的眼中是怎样的呢？请你多多观察，这样，你也能写出每个季节的特点来。

赏析/陈龙银

一颗小星星

鱼儿们多想念它呀，每天晚上都在等着它掉下来呢。

夜里，静静的。天空中一颗颗小星星出来了。忽然，一颗很小很小的小星星，在天上调皮地翻了个跟头，"咚！"的一声，掉进了月牙一样的小河里。

小星星在水里，一闪一闪地流出了美妙的音乐。"丁冬，丁冬，丁冬……"河里的小鱼儿游来了,它们都来听小星星弹的音乐。

小星星弹呀弹呀,慢慢地、慢慢地天亮起来了。小星星轻轻地唱着歌,慢慢地从小河里飘起来,飞上了天。

每天晚上,河里的小鱼儿都要抬着头,望着天空,它们在找那颗最小最小的星星,期望着小星星再翻跟头,从天上掉下来,因为小鱼儿们喜欢小星星在水里弹的音乐。

文/金志强

从天而降的快乐

小星星因为顽皮,从天上掉进月牙一样的小河里,它便在那儿为鱼儿们弹起欢乐的乐曲,唱起动听的歌。可是,天一亮,它就不得不飞上天空。鱼儿们多想念它呀,每天晚上都在等着它掉下来呢。散文写得很美,由一颗流星而生发想象,写出了夜晚小河的美好。拟人化手法的运用,更增添了文章的趣味性,让人产生无限的遐想。

赏析/陈龙银

追赶太阳

勤劳的人们起得早,勤劳的人们收获多。

太阳哥哥,年轻潇洒,富有朝气。他总是步履匆匆。早上,从东方起步;晚上,在西山落脚。

小鸟追赶太阳,他不停地扇动着翅膀,飞呀飞呀,不知疲倦,一路高歌,向着太阳飞去。

小草追赶太阳,他不停长呀长呀,吐出片片绿叶,让大地铺上绿毯,一直铺向天涯。

小花追赶太阳,她不停地开呀开呀,开出了五彩斑斓,开得空气中充满芬芳。

小朋友们,也在追赶太阳。他们与太阳一起起床,与太阳一起休息。有的小朋友比太阳起得还早。

太阳哥哥看着看着,乐红了脸。他微笑着说:"和我赛跑吧。我会让小鸟的翅膀变得更硬,小草小花变得更绿更红更美,我会让小朋友快乐。我会把自己的赤橙黄绿青蓝紫的五彩光辉送给所有的朋友,让他们拥有一个美丽多彩的人生。"

文/曹延标

追赶太阳,追出收获

太阳总是来去匆匆,永远不会停下脚步。时间总是一天天过去,它永远不会休息等待。我们只有不断追赶太阳,不断进取,才会有所收获。如果我们不思进取,任由时间匆匆流逝,到头来将后悔莫及。散文中从小鸟、小草、小花写到小朋友,就是要告诉我们,时不我待,不能浪费时光。勤劳的人们起得早,勤劳的人们收获多。

赏析/陈龙银

春 天 来 了

我们，从这里出发，走向夏的繁茂，秋的
成熟。

春天来了！

春天，从大雁的叫声中飞来；春天，从解冻的冰河里涌来。

校园里沉默的垂柳，吐出了一串串水泠泠的音符；从冬雪禁锢中苏醒的小草，开始编织绿色的信念。

春天来了！

春天，从我们的歌声中飞来；春天，从我们的故事里走来。

电教馆的屏幕上，有声有色地叙述着一个个新世纪的童话和传说；我们的画夹上，也充满了新奇，增添了色彩。

在这播种的季节里，快播吧！播下一颗颗绿色的心，播下一个个金色的希望。

在这栽树的季节里，快栽吧！栽下杨柳，栽下桃李，栽下一个个五彩缤纷的梦。

春天来了！春天来了！

我们像春笋一样冒尖，我们像山花一样烂漫。

春雷为神州喝彩，电脑在设计未来。

我们，从这里出发，走向夏的繁茂，秋的成熟。

我们，从这里出发，走向绿阴蔽天的人生，走向金碧辉煌的理想！

文/吴 珹

一年之计在于春

人们常说：一年之计在于春，是啊，春天是一年的开始，是一年中最精彩的季节。这篇散文用优美的语言，深情地赞美了春天。文章写到了春天来到时大自然的变化，写到了人们如何抓住大好时光努力学习和工作。有了良好的开端，作者便看到了希望，想到了美好未来。春天总是让人充满希望，叫人浮想联翩。小朋友，你是怎么理解春天的？

赏析/陈龙银

美丽的湄南河风光

美丽的湄南河风光，令人陶醉，使人流连。我希望小朋友也能到那里去陶醉一下，将终生难忘。

悠悠，悠悠，悠悠，悠悠，
我们乘坐一叶嵌满花朵的小舟；
小舟荡漾在清澈秀丽的湄南河上，
两岸的美景陶醉了多少相机的镜头。
湄南河，美丽的湄南河，被称为泰国河流之母，它由北向南纵贯

全国，长一千八百多公里，是泰国主要的交通干道，对农业的发展起着举足轻重的作用。

湄南河从泰国的首都曼谷中间穿流而过，我们从曼谷乘游船溯流而上，随着游船的慢慢行驶，远处可不断望见高大雄伟、金碧辉煌的佛塔寺庙。最吸引人的是湄南河两岸的那些"水上人家"。据说，在数百年前，当陆路还是很落后的时候，泰国人民已学习了利用河道或开掘河道与其他地方联系，因此河流便逐步成为人们通商和交流的主要通道。直到现在，一些人仍依赖河流生活，居住在湄南河两岸。河边那一排排建筑在水上的小巧玲珑的高脚木屋，就是他们居住的地方。你瞧，那许许多多的妇女穿着美丽的泰式的"沙龙"服装，或在屋里浇水洗澡，或在屋下清凌凌的河水中洗涤衣物、蔬菜等等，小孩子们则在河边玩水嬉戏，欢乐异常。差不多在每一家的高脚木屋前的水面上，都有一根木柱或水泥柱上面顶着一个小小的小佛寺，几根香烟缭绕，颇为好看。可见佛教在泰国是深入人心的。这些地道的泰国民俗深深地吸引了我，"咔嚓！"那一排漂亮的高脚木屋便收进了我的镜头。

我们的游船在河面上缓缓飘荡，不论行走到什么地方，都会有满载着当地的农产品如香蕉、椰子、榴莲、菠萝、瓜果和蔬菜等小小舢板迅速划到我们跟前，划动舢板的妇女或男人一个个笑容满面地要我们购买。这便是湄南河上特有的"流动小贩"。湄南河有无数支流河道，流域一带土地肥沃，蔬菜、水果等农作物生产丰富。农民们就利用小小舢板沿河贩卖。

大约上午十时左右，我们的游船便进入了丹能沙都这个十分热闹的水上市场。据介绍这里方圆数十里的农民，一大早便划着载满农产品的小船来赶市了，五光十色、琳琅满目的一船船货物令我们眼花缭乱。我们游船在数不清的小货船中间穿来荡去，真不知道该买什么为好。水上市场使我这个一生居住在干旱缺水的陆地游客来说，真是大开了眼界，饱尝了水上交易的滋味。

在回程的船上，导游介绍说："在湄南河畔生活的居民，出入的主要工具是靠船只。他们有些自备舢板，有些则乘坐穿梭河岸各点的"水上的士"——长身马达船。这种船尾安装了马达，在河上奔驰而行，十分快捷。"他还说，"曼谷素有'东方威尼斯'之称，就是指湄南河一带的风光与'水域'威尼斯十分相似。"

啊！美丽的湄南河风光，令人陶醉，使人流连。我希望小朋友也能到那里去陶醉一下，将终生难忘。

文/刘育贤

湄南河上风光美

这是篇游记散文，写的是泰国的著名河流——湄南河。作者在文中详细地介绍了湄南河在泰国的重要作用、两岸的美丽景色和风土人情，以及水上市场、水上交通等。文章以一首诗开头，最后一段抒发自己对这一河流的喜爱之情。散文条理清晰，写景时有重点，而不是面面俱到。这也是我们写游记时应注意的。

赏析/陈龙银

于老师教我写作文

三十年过去了，我的启蒙老师一直没有下落，我在深深地怀念着。

上小学三年级的时候，我很怕上作文课。老师把题目写在黑板上，我就望着作文题，嚼着笔杆发愣。常常是两堂课，只写几十个字，还干巴巴的。

后来，来了一位于老师。于老师教我们写作文，常常给我们讲一些有趣的故事。当时，我们都很喜欢听。可是光听不行，还要把故事写下来。老师说：这就是作文。有一次，于老师给我们出了一个题目，叫"春天来了"。他没有急于让我们动笔去写，而是带我们到郊外去春游，去寻找春天的足迹。他指着一棵小树，对我们说："你们瞧，春天在那里呢！"我们高兴地跳起来："找到了，找到了！春天是一片片绿叶，像一只只绿色的眼睛，在小树上结着呢！"老师又指着一朵小花，对我们说："你们瞧，春天在那里呢！"我们拍着小手直嚷："找到了，找到了！春天是一朵朵花苞，像一顶顶小花帽儿，在小花的头上戴着呢！"接着，他又领我们来到小河边，指着哗哗解冻的小河，对我们说："你们瞧，春天在那里呢！"我们快乐地直喊："找到了，找到了！春天是一架架钢琴，弹着很美很美的曲子，在小溪流怀里抱着呢！"接着，他又领我们来到一个宽阔的草坪上，那里有附近学校的一群孩子在放风筝，他指着高高飞起的风筝，说："你们瞧，春天在那里呢！"我们踮着脚跳着："找到了，找到了！春天像一只只小羊，在孩子们手里牵着。他们在蓝天上放牧，放牧风筝，也放牧春天呢！"回来以后，老师让我们把找春天的过程写下来。这时，我再也不感到没啥可写了，而是提起笔来，像有好多写不完的东西。这回，我写的作文第一次受到了表扬。

后来，老师让我们写一篇《养兔》的作文，我由于没有养过兔子，就瞎编了一通，交上去了。老师把我叫到房子里，当面给我批改，指出了许多观察不够细致的地方，甚至有些细节闹出了笑话。为了帮助我写好这篇作文，老师亲自领我去养兔场，一起观察兔子的生活习性，还抓起一只只兔子，教我辨认公母。回去后，我针对老师的意见，认真修改了作文。修改后的作文，又一次受到老师的表扬。

于老师就这样手把手地教我写作文。他常常教我们留心观察周围的事物，要求我们每天写一篇观察日记，不断积累写作文的材料。他说："写作文好像盖一座大楼，素材就是钢筋、水泥、木料和砖瓦，盖大楼离了这些是不行的。"只有积累了大量的材料，又经过认真的选择，写出的文章才能有真情实感。他说："有真情实感的文章才是好文章，才能打动读者的心，使读者受到鼓舞，得到启迪。"

后来，于老师调走了，调到另一所学校去了。从那以后，我再也没有见过于老师。三十年过去了，我的启蒙老师一直没有下落，我在深深地怀念着。如果我的启蒙老师知道，当年一提起作文就头痛的小学生，现在成了一个作家，说不定他会有多高兴呢！

文/王宜振

好文章是这么来的

　　"我"一开始不知道怎样写作文，后来于老师教会"我"怎么写文章。他带"我们"讲故事、写故事，带"我们"观察自然、观察动物、观察生活，还让"我们"养成勤写日记的好习惯。这就是于老师的"教学法"。小朋友，这种方法对你是不是也有启示？文章讲述了于老师是怎么教"我们"写作文的，表达了"我"对老师的思念和崇敬之情。

赏析/陈龙银

小星星因为顽皮，从天上掉进月牙一样的小河里，它便在那儿为鱼儿们弹起欢乐的乐曲，唱起动听的歌。可是，天一亮，它就不得不飞上天空。鱼儿们多想念它呀，每天晚上都在等着它掉下来呢。

第四辑　雨停了,是否有阳光

　　爱过了,我们是不是要求同等的回报?如果是,那是交换,不是付出;帮了别人,我们是不是要达到自己的目的? 如果是,那是交易,不是帮忙;喜欢雨天,我们是不是因为晴天过腻了? 如果是,那是矫情,不是情调;努力了,我们是不是要得到成绩或结果?如果是,那是生意,不是爱好。爱是无欲无求的呵护,不求回报。帮助是心底发出的善意,没有目的。雨和阳光的交换是天气的调节,不是情调的借口,努力是生命的原动力……

如蓬如藕
自夜雨中青葱白嫩地浮起
举光洁的足踝于石梯草坡
无论怎样丰沛湍急
依然磬静声柔

一 碗 馄 饨

有时候,我们会对别人给予的小恩小惠"感激不尽",却对亲人一辈子的恩情"视而不见"。

那天,她跟妈妈又吵架了,一气之下,她转身向外跑去。

她走了很长时间,看到前面有个面摊,这才感觉到肚子饿了。可是,她摸遍了身上的口袋,连一个硬币也没有。

面摊的主人是一个看上去很和蔼的老婆婆,她看到她站在那里,就问:"孩子,你是不是要吃面?""可是,可是我忘了带钱。"她有些不好意思地回答。"没关系,我请你吃。"

老婆婆端来一碗馄饨和一碟小菜。她满怀感激,刚吃了几口,眼泪就掉了下来,纷纷落在碗里。"你怎么了?"老婆婆关切地问。"我没事,我只是很感激!"她忙擦眼泪,对面摊的主人说,"我们不认识,而你却对我这么好,愿意煮馄饨给我吃。可是我妈妈,我跟她吵架,她竟然把我赶出来,还叫我不要再回去!"

老婆婆听了,平静地说道:"孩子,你怎么会这么想呢?你想想看,我只不过煮了一碗馄饨给你吃,你就这么感激我,那你妈妈煮了十多年的饭给你吃,你怎么能不感激她呢?你怎么还要跟她吵架呢?"

女孩愣住了。

女孩匆匆吃完了馄饨,开始往家走去。当她走到家附近时,一下就看到疲惫不堪的妈妈正在路口四处张望……妈妈看到她，脸上立即露出了喜色："赶快过来吧，饭早就做好了，你再不回来吃，菜都要凉了！"

这时，女孩的眼泪又开始掉下来！

有时候，我们会对别人给予的小恩小惠"感激不尽"，却对亲人一辈子的恩情"视而不见"。

文/佚　名

深无痕迹的爱

文中的小女孩离家出走后，得到了老婆婆一碗免费的馄饨，对老婆婆感激的同时，感到了妈妈的无情：连一个陌生人都那么关心自己，而妈妈却把自己给赶了出来。最后，老婆婆的一番话使她醍醐灌顶："我只不过煮了一碗馄饨给你吃，你就这么感激我，那你妈妈煮了十多年的饭给你吃，你怎么能不感激她呢？你怎么还要跟她吵架呢？"当小女孩还没有回到家时，早已看到疲惫不堪、焦急万分的妈妈在等着自己吃饭。原来，妈妈对自己的爱，是无私的，是深无痕迹的，而自己，早已习以为常，熟视无睹，从没想过要感激她。当别人给我们一点点帮助时，就会感动万分，铭记在心。正如文中所说的：有时候，我们会对别人给予的小恩小惠"感激不尽"，却对亲人一辈子的恩情"视而不见"。

朋友，看了这篇文章后，如果妈妈再说你，你还觉得是妈妈不关心、不爱自己吗？其实，在她心里面，她是很爱自己的孩子的，无论表面上看她是多么的狠心。这种爱，是无私的，是深无痕迹的。

赏析/戚玉春

没有上锁的门

母爱的永恒在于它永远不会对你弃而不顾,只要你累了,它就是你依靠的臂弯;只要你想看到它,它的大门就永远为你开启。

在苏格兰的格拉斯哥,一个小女孩像今天许多年轻人一样,厌倦了枯燥的家庭生活和父母的管制。

她离开了家,决心要做世界名人。可不久,在经历多次挫折打击后,她日渐沉沦,最终走上街头,开始出卖肉体。

许多年过去了,她的父亲死了,母亲也老了,可她仍在泥沼中醉生梦死。

这期间,母女从没有任何联系。可当母亲听说女儿的下落后,就不辞辛苦地找遍全城的每个街区,每条街道。她每到一个收容所,都哀求道:"请让我把这幅画挂在这儿,行吗?"画上是一位面带微笑、满头白发的母亲,下面有一行手写的字:"我仍然爱着你……快回家!"

几个月后,这个女孩子懒洋洋地晃进一家收容所,那儿,她可以领到一份免费的饭。她排着队,心不在焉,双眼漫无目的地从告示栏里随意扫过。就在那一瞬间,她看到一张熟悉的面孔:"那会是我的母亲吗?"

她挤出人群,上前观看。不错!那就是她的母亲,底下有行字:"我仍然爱你……快回家!"她站在那里,泣不成声。这会是真的吗?

这时,天已黑了下来,但她不顾一切地向家奔去。当她赶到家的时候,已经是凌晨了。

站在门口,任性的女儿迟疑了一下,该不该进去?终于她敲响了门,奇怪!门自己开了,怎么没锁?不好!一定是有贼闯了进来。记挂着母亲的安危,她三步并作两步冲进卧室,却发现母亲正安然地睡觉。

她把母亲摇醒,喊到:"是我!是我!女儿回来了!"

母亲不敢相信自己的眼睛。她擦干眼泪,果真是女儿。娘儿俩紧紧地抱在一起,女儿问:"门怎么没有锁?我还以为有贼闯了进来。"

母亲柔柔地说:"自打你离家后,这扇门就再也没有上过锁。"

文/[美]杰克·沃特曼

母爱之门永启

每个母亲对子女都有一种特殊的感情,但并不是每个小孩都能体会到。不要以为母亲每天对你唠叨,对你诸多管制就认定她不爱你!也许是母亲不懂得怎样表达她的爱,也许她已经表达了,而你却没有发觉。在漫长的人生旅程中,你也许会被许多人疼爱,但又有哪个能像母亲那样,全心全意,不求回报地爱你呢?就算你像苏格兰的格拉斯哥的那个小女孩一样,犯下了不可弥补的错误,但在母亲心中你永远是不可替代的。母爱的永恒在于它永远不会对你弃而不顾,只要你累了,它就是你依靠的臂弯;只要你想看到它,它的大门就永远为你开启。

朋友啊!我相信你迟早有一天会了解母亲的一片用心良苦;迟早会知道,母爱对你的人生有多大的影响。但是,母亲也会老!希望你的"了解"和"知道"不要来得太迟,因为世上有些爱一旦错过了就不能挽回。

赏析/袁艳红

生命的邮件

这些邮件，是他们用心寄给我们的，需要我们在成长的过程中，靠自己对生活的体会来一件一件地拆封。现在，我们来看看好吗？

儿子饱餐一顿后，安静地睡着了，那种照看新生儿的奇妙感受充满我心。我知道，在我们彼此的生命里程中将相互温暖与扶持。

做了父亲，我不该两手空空迎接他的到来，但孩子那稚嫩的小手还举不起任何可称为礼物的东西，那就让我将祝愿当成礼物，投入生命的信箱，来一个慢件邮递。当他长大的时候，再好奇地拆封吧。

学 会 宽 容

如果所有的美德可以自选，孩子，你就先把宽容挑出来吧。

也许平和与安静会很昂贵，不过，拥有宽容，你就可以奢侈地消费它们。宽容能松弛别人，也能抚慰自己，它会让你把爱放在首位，万不得已才动用恨的武器；宽容会使你随和，让你把一些人很看重的事情看得很轻；宽容还会使你不至于失眠，再大的不快，再激烈的冲突，都不会在宽容的心灵里过夜。于是，每个清晨，你都会在希望中醒来。

一旦你拥有宽容的美德，你将一生收获笑容。

不 争 第 一

人生不是竞技，不必把撞线当成最大的光荣。

当了第一的人也许是脆弱的，众人之上的滋味尝尽，如再往下落，感受的可能是悲凉。于是，就只能永远向前。可在生命的每个阶段，第一的诱惑总是在眼前，于是生命会变成劳役。

站在第一位置的人不一定是胜者，每一次第一总是一时的风光，却赌不来一世的顺畅。争第一的人，眼睛总是盯着对手，为了得到第一，也许很多不善良的手段都会派上用场。也许，每一个战役，你都赢了，但夜深人静，一个又一个伤口，会让自己触目惊心。何必把争来的第一当成生命的奖杯！我们每一个人，只不过是和自己赛跑的人，在那条长长的人生路上，追求更好强过追求最好。

爱 上 音 乐

在我们身边，什么都会背叛，可音乐不会。哪怕全世界的人都背叛你，音乐依然会和你窃窃私语。我曾问过一个哲人，为什么今天的人们还需要一百年前的音乐来抚慰？哲人答，人性进化得很慢很慢。

于是我知道，无论你向前走多远，那些久远的音符还是会和你的心灵很近。生命之路并不顺畅，坎坷和不快都会出现在你的眼前，但爱上音乐，我便放心。在你成长的时代，信息的高速发展将使人们的头脑中独自冥想的空间越来越小。

然而，走进音乐的世界里，你会在与音乐的对话中学会独立，学会用自己的感受去激活生命。

每当想到，今日在我脑海里回旋的那些乐章，也会在未来与你相伴，我就喜悦，为一种生命与心灵的接力。

还有……

其实还有，比如说，来点幽默、健康，有很多真正的朋友……但我想，生命之路自己走过，再多的祝愿都是耳后的叮咛，该有的终将会有，该失去时也终会失去。然而孩子，在父母的目光里，你的每一步都将是我们生命里最好的回忆。

很久很久以后,也许你会为你未来的孩子写下祝愿的话语,只是不知,是否和我今日写下的相似?

生命中,最重要的是心灵的路程,它和朝代的更迭无关。孩子,当将来你拆开这封今日寄出的邮件时,我还是希望,你能喜悦并接受。

文/白岩松

一件一件地拆封

在我们还是婴儿的时候,父母亲在心里给我们邮寄了一封封的邮件。这些邮件,是他们用心寄给我们的,需要我们在成长的过程中,靠自己对生活的体会来一件一件地拆封。现在,我们来看看好吗?

第一封,叫宽容。在我们成长的过程中,遇到许多的人和事,不可避免地产生许多矛盾和摩擦,弄得我们心里很不好受,很难过。宽容,就是多从别人的角度看问题,看是不是他有苦衷。我们不需要因为小错误就恨,因为恨让自己和别人都不好过。

第二封,叫超越自己。第一不是最重要的,超越自己才是最重要的。何必为争第一而用不善良的手段呢?善良让我们坦坦荡荡,快快乐乐,出卖良心则让我们谴责自己。人以自己为目标,和自己赛跑,超越自己。在善良中进步,最好。

第三封,是与音乐做好朋友。好的音乐,例如钢琴曲、古筝、笛子等曲子,听着听着,能把我们心里的不开心融化掉,变成甜甜的味道。不信?试试。

第四封,包括很多很多。幽默是智慧的体现,幽默使气氛变得轻松愉快,但又不缺乏哲理;健康是我们做一切事的前提,不健康的身体阻碍我们做许多事;朋友是我们的友谊,失去友谊,活着也不快乐。这些都需要我们在生活中用心体会和培养。父母传授他们的经验,是真心希望我们领会其中的深意,希望我们幸福快乐。那我们就谨记父母的叮嘱,让我们带着这些邮件,一步一步地走好吧。

赏析/狗尾草

如果感到幸福你就跺跺脚

身体的不幸,不应该成为我们拒绝幸福的理由,我们还有心灵去感受幸福。

那一年,青年德皮勒完成了全部学业从州立大学毕业了,他做了一名教文学的老师。所以,从那时开始,我们应该叫他德皮勒老师。

其实德皮勒非常想去做一个优秀的长跑运动员。四年前的他曾是那么单纯而痴迷的一个运动青年。但是,他的梦想却在生活中成了幻想。

拿捏着自己从最新的教学书籍上学来的方法,德皮勒在自己的学生们身上试验着。书是麦尔教授推荐的,应该不会错。麦尔教授是他大学选修心理学的主课教授,是一个有着短白胡子的小老头。

还是有点紧张,嗯,先平静一下,看了几眼墙上画的彩色人像和明丽风光,好了,开始了。

如果感到幸福你就拍拍手。德皮勒大声对所有人说。这种方法是要激发他们的想象力和敏感性,让他们学会表达。

孩子们纷纷举手,跟着德皮勒拍。他们的面孔,从僵硬乏味立刻变为鲜活生动。德皮勒更加激情高涨,他的视线如手提摄像机镜头一样摇晃着，从一个学生跳跃到另一个学生，最后，定格在一个男孩脸上——他是那样的面无表情！

德皮勒又重复了一次，男孩依旧没有表情！

你叫什么名字？德皮勒开始冒火。

男孩抿紧了嘴唇，一声不吭，表情甚至有些愤怒。德皮勒又问了一句，他还是不说话。不过德皮勒却很奇怪，按照一般的情况，应该能勾起大家的好奇。但是，所有的孩子都没有去关注这样一个事件。只有一个学生轻轻地说："老师，他叫詹姆斯。"德皮勒深深吸了一口气，终于克制下来继续上课。除去过去了的二十五分钟，下面的二十分钟，仿佛几个小时一样漫长。德皮勒的情绪彻底败坏了，慢腾腾地布置了作文题目：幸福。然后说，请课代表下午收了之后送到办公室。

下课之后那个詹姆斯被德皮勒叫到了办公室。他亲切地说："为什么不和大家一起拍手呢？下次不可以，知道吗？"

男孩在口袋里抄着手，沉默地点头。一直到他回到教室去了，他的右手始终放在口袋里没拿出来过。

德皮勒老师心想：嘿，我遇到了一个脾气倔强的孩子。

詹姆斯又惹事了，他和另外一个男孩打架了。德皮勒老师好奇地赶过去的时候，争执似乎已经结束。詹姆斯全身都是乱糟糟的，唯一不变的是，仍把手抄在口袋里，站着不动，满脸通红。

"你又怎么了，詹姆斯？"

詹姆斯毫不理睬，转身跑掉了。德皮勒老师只好无可奈何地离开现场。

"詹姆斯的右手以前触过电，被切断啦！"有一个女生这么说，德皮勒老师的心猛然一缩。

晚上，德皮勒老师坐在房间里一本一本地看交上来的作文，把封皮上写着詹姆斯的本子，单独抽出来。

第二天，德皮勒老师仿佛什么都没发生过，平静地走上讲台，然后把前一天的作文本子发下去。直到最后的五分钟，他说，我们重复一下昨天的好不好？

好！

但是我们稍微修改一下，如果感到幸福，你就跺跺脚。来，老师先带头！

真的，德皮勒老师带头跺起脚来，非常地用力，左右两只脚一起动着，虽然看上去非常滑稽，因为他跺起脚来，像是罗圈腿。

他们都是聪明而细心的孩子。在一分钟后，教室里响起剧烈如暴风雨的跺脚声。其中，德皮勒老师听到最特别的一个声音，那是詹姆斯发出的。因为，詹姆斯那天跺脚的声音是最大的，并且眼睛里含着泪。

德皮勒老师在他的作文上打了教学以来第一个九十九分，后面还附加上了一段话："为什么没有给你满分，是因为你为了身体的不幸福，而拒绝了让自己的心感到幸福。如果你仔细观察，你会留意到你的德皮勒老师其实是一个截去左脚的人，那背后，也有老师的不幸的故事。但是，他没有拒绝让心去感受不幸之外的幸福。所以，他不过是选择了做平凡的文学老师，却仍然认真地、快乐地生活。"

是的，德皮勒老师是幸福的，他曾经治愈了自己心里的伤痕，现在，又治愈了一个小小的心灵。

文/冯俊杰

让心去感受幸福

如果不拍手，那么跺跺脚也是一样的，也是幸福的。身体的不幸，不应该成为我们拒绝幸福的理由，我们还有心灵去感受幸福，对不对？

谁能够剥夺我们对幸福的灵敏感受呢？没有人，除了我们自己。缺手损脚确实让我们难过、很难面对，但在世界上，美好的东西仍然很多啊，比如人和人之间的关心。德皮勒老师为了让詹姆斯懂得这点，用他有缺陷的脚证明，跺跺脚和拍手是一样幸福的。同学们一起跺脚，给了詹姆斯莫大的鼓励。在我们的身边，一定也有很多人关注我们。只是需要我们用心去感受而已。

爸爸的味道

"你的爸爸是什么味道的呢？"其实，他的身上还不是只有专属于爸爸独特的味道吗？

每个人身上都有一种独特的气味，日子久了，那种气味就代表他。

F说，他爸爸是一家海鲜酒家的厨师。小时候，每晚爸爸下班回来，他都嗅到他身上有一股浓烈的腥味。他们住在一个狭小的房间里，爸爸身上的腥味令他很难受。他和爸爸的关系很差，考上大学之后，他立刻搬出去跟朋友住，父子俩每年只见几次面。

后来，他爸爸病危，躺在医院里。临终的时候，他站在爸爸的病榻旁边，老人家身上挂满各种点滴，加上医院里浓烈的消毒药水味道，他再嗅不到小时候他常常嗅到的爸爸身上的那股腥味——那股为了养活一家人而换来的腥味。他把爸爸的手指放到自己鼻子前面，可是，那记忆里的腥味已经永远消失。那一刻，他才知道，那股他曾经十分讨厌的腥味原来是那么芳香。

爸爸走了，他身上的腥味却永存在儿子的脑海中，变成了愧疚。F

说，他不能原谅自己小时候曾经跟同学说："我讨厌爸爸的味道。"

他记得他有一位同学的爸爸是修理汽车的，每次他来接儿子放学，身上都有一股修车房的味道。另一个同学的爸爸在医院工作，身上常常散发着医院的味道。

爸爸的味道，总是离不开他的谋生伎俩。爸爸老了，那种味道会随风逝去。我们曾否尊重和珍惜他身上的味道？

你爸爸是什么味道的？

文/佚　名

珍惜与亲人在一起的日子

"你爸爸是什么味道的？"文章以一个简简单单的问句收篇。统看全文，一股淡淡的哀伤弥漫在其中，让人不由心头一紧，并开始重新审视自己和爸爸或者其他亲人的关系了。

岁月匆匆，很多东西在我们不经意间流失了，年少无知的我们却浑然不觉。长大后，蓦然回首，虽意识到了却也后悔莫及了。爸爸在每个家庭中都扮演着极其重要的角色。他是一座大山，肩负着家庭中的沉重责任；他是我们每个人的避风港，为我们遮风挡雨；他是我们生命之舟的船长，带领我们顺利绕过暗礁险滩……他可以放弃很多，都只为努力工作来换取一家大小的安定与幸福快乐。久而久之，他身上有了一种特殊的味道——一种离不开他谋生手段的味道。但我们为人子女，怎么能嫌弃他呢？我们应该更加爱惜他啊！人间的亲情始终是最重要的，而这是他，也是我们都需要的。

透过这篇短短的文章，或许很多人都看到了他们与亲人的影子。"你爸爸是什么味道的？"难道他的身上真的只有专属于爸爸的独特的味道吗？珍惜眼前人，尊重你的爸爸，尊重你的亲人，与他们欢乐共度每一天才是最重要的。

赏析/吴晓颖

试着勇敢一点

做人就要勇敢些，要努力去争取自己想要的。哪怕结果令人沮丧，但过后回味，你会发觉当初勇敢的举动是明智的。

那年，我十四岁，我的爸爸四十岁。二十六年的差距足以让我和爸爸之间形成一条沟。

扪心自问，我知道自己很爱他，也许是我的不善于表达，我的任性和叛逆，总显出拒他于千里之外。

每次打电话回家，电话那头如果是爸爸，习惯性地，我会说："爸爸，我是小彬。妈在家吗？喊妈接电话……"每次家里只剩下我和爸爸时，气氛总是很沉默，沉默得有些尴尬。

我知道，爸爸很难受，他一定以为我很讨厌他；我也知道，自己也很难受。

"如果你不摇铃铛，铃铛是不会自己响的。"对，有些事并不能只是自己清楚，还要让对方知道。

我鼓足勇气，轻轻地坐在爸爸的旁边，把手放在爸爸大大的手心上，诚恳地对爸爸说："爸爸，我长大了，我不能再像小时候那样缠着您不放，赖着您撒娇了。但我要告诉您，我最想对您说的一句话，那就是——爸爸，我爱您！"这突如其来的"表白"令爸爸呆住了。很快，爸爸回过神,微笑地握住我的手,说:"孩子,我也很爱你。"

其实,事情就这么简单。每个人无论多大多老,内心都渴望得到爱。只要对自己多坦白一点,让自己更勇敢一点,自己也会很快乐。

文/姚　彬

勇敢说出来

"我"把对爸爸的爱说了出来,"我"的勇敢很值得大家学习。

天下的父母,有谁不爱自己的孩子呢?当爸爸看到自己的孩子不搭理他,每次打电话回家都不和他聊天,爸爸的心里是很难受的。其实在"我"的内心,并非不爱爸爸,而是因为种种原因,才显出拒爸爸于千里之外,可是爸爸能感受到吗?后来,"我"想清楚了:"对,有些事并不能只是自己清楚,还要让对方知道。"于是,"我"决定把爱说出来让爸爸知道,爸爸无比激动,微笑着对孩子说:"孩子,我也很爱你。"这虽然是平凡的一幕,可是这一切都在我们心中留下感动。

在一个家庭里,我们彼此之间应该学会互相关心,互相体谅,互相尊重。只有这样,才可以构筑一个和谐的、温馨的家。同时,大家都应将自己的爱勇敢地说出来。

从小开始,我们就要慢慢学会让爱充满我们的内心,对家人,对朋友,推广到其他人也一样。因为"每个人无论多大多老,内心都渴望得到爱。只要对自己多坦白一点,让自己更勇敢一点,自己也会很快乐"。

赏析/陈　颖

谁也不能拥有世界

世界不是我们的,我们不可能什么都有,
拥有要以付出为前提,付出才有资格拥有。

儿子要一只瓶子,我没给。他就大哭,任何人都哄不乖。半个小时后,他的哭声停了,第一句话还是:"瓶子。"

我说:"瓶子已经扔了。"他又哭了。母亲站在一边说:"他才两岁,再哄哄他吧。"

于是,我给他讲了许多谎言,譬如瓶子像水一样蒸发了,被我吃下去了等等。

儿子说:"瓶子,我要。"我所做的一切都白搭。

成熟与非成熟的界限据说是妥协,一个人什么时候知道有所放弃,他就长大了。

人之初,所有的欲望都像野地里的草一样没遮没挡地生长,因为不知天高地厚,他们希望把天上的月亮也摘下来玩。

一个暴君的欲望远没有一个孩子那样强烈,每个孩子的欲望都会让任何暴君自惭形秽。

我们为什么要教育孩子?很大程度上就是让孩子不要贪得无厌,但又要保持他们必要的虚荣和欲望。

我带儿子到街上玩,街上很热,儿子让我拦过往的车回家,我告诉他这是别人的车,爸爸不能拦。儿子看到快餐店的门口有他爱吃的小笼包,他伸手要拿,我说:"这是别人的,如果要,只能用钱来买。"

我的外甥七岁那年拿了别人水果摊上的一颗杨梅,他的姐姐回家告诉了我姐。我姐打了他一顿,外甥哭道:"我只是拿了一颗呀,而且半颗已经烂了的呀。"

我姐说:"一颗也不行,除非你自己赚钱去买。"

现在,外甥对我说:"我以后要赚很多钱,我想开一家水果店,想吃什么就吃什么。"

他仍然有欲望,但是这个欲望已经有了前提,需要十年、二十年,甚至更长的时间去实现。

我们对孩子所做的,有时候,就是想告诉孩子,这个世界并不是我们的,我们只拥有其中很小很小的一部分,而且还要付出足够大的代价才能拥有。

文/柳 君

以付出为前提

天上的星星和月亮很美,我们都想拥有。在街上看到我们喜欢吃的食物或玩具时,我们也很希望拿在手里。可是,世界不是我们的,我们不可能什么都拥有,拥有要以付出为前提,付出才有资格拥有。

什么是足够的资格呢?比如说,要想吃商店里的蛋糕,就要有足够的钱。如果钱不够,就买不起了,只能等赚够了钱后才买。不能偷,因为这是属于别人的东西。

我们的欲望很大很大,看到什么,只要是自己喜欢的,都想得到。但我们要懂得,有些东西是我们只能去欣赏而不能拥有的,天上的月亮很美,就算有钱,摘取也是不可能的。生活中,有些东西就像月亮一样不可能得到,其实也未必非得到不可。我们需要分清什么可以拥有,什么不可以拥有。对于那些经过努力能获得的,我们就要付出劳动和汗水,名正言顺、光明正大地拥有。

赏析/下弦月

雨停了，是否有阳光

在他们的心里，是多么希望自己能够像
别的小孩一样，有人关心自己，呵护自己啊！

孤儿院里有一位八岁的小妹妹，不太爱说话，常常一个人静静地坐在角落。她喜欢听故事，见面时总拉着我："大哥哥，快点讲故事给我听嘛！"

我讲故事的时候，她总是窝在我的怀里，一语不发，带着微笑望着我。

后来，我送给她一本故事书，哄着她说："大哥哥没空给你讲故事，所以特别买这本书送给你。"

本以为她会非常开心，可是她却显得难过不已，低声说："是不是大哥哥不喜欢我，以后不再讲故事给我听了？"

为了证实我并不是这个用意，于是又给她讲了个故事。

一个月以后，我去探访她，这一次她送了我一件礼物，是她亲手画的一张画，画里是大哥哥揽着小妹妹，天空还飘着几朵白云。

这几年我常常回想，为什么她会喜欢听我讲故事？

我深深觉得，也许她并不是喜欢听我讲的故事，而是喜欢窝在我的怀里，感受那种有人呵护疼爱的温暖的感觉吧。

文/魏悌香　张海修

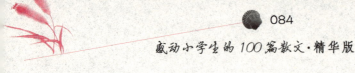

孤儿的愿望

孤儿院里的孤儿,自小就享受不到亲人的疼爱。但在他们的心里,是多么希望自己能够像有父母的小孩一样,被关心、被呵护啊!大哥哥给小女孩讲故事,小女孩就感觉到了被疼爱的感觉,觉得自己不再是被遗弃的可怜人了。

所以,我们要主动关心孤儿,像爱亲人那样爱他们,让他们觉得他们也有许多人爱,让他们也拥有一个快乐的、值得将来细细回味的童年。

赏析/小小的雨

什 么 是 爱

原来,爱一样东西,并不一定要拥有它,只要它能够快乐自由,自己内心也就得到了快乐。

在小学学校的一间教室里,有几名学生。一个学生天真地问老师:"老师,什么是爱?"

老师觉得这个孩子提出的问题十分有意思,值得好好回答。当时正是课间休息的时候,于是老师要求学生到校园里去玩会儿,并在重返教室时带回一样他们喜爱的东西。

孩子们都迅速地跑到外面。在他们回到教室后，老师说："我希望每个同学都拿出自己带回的东西。"一个同学回答说："我带回了这朵鲜花，它好看吗？"

而第二个同学则说："我捉到了一只蝴蝶，你们看，它的翅膀多漂亮呀！我会把它收藏起来。"

第三个同学说："我抓到了一只小鸟，它是从树上鸟巢中掉下来的，你们看，多好玩啊！"

就这样，孩子们把自己带回的东西一个接一个地展示出来。但是，老师发现，有一个女同学没带任何东西回来，而且在那里默不作声。于是，老师问她："你呢，什么也没有找到吗？"

这个女孩不好意思地说："请原谅，老师。我看见了花朵，嗅到了它的芳香，我也曾想把它摘下来，但是我更愿意让它更长时间地散发香气；我也看见了蝴蝶，它们颜色十分鲜艳又十分可爱，我不忍心把它们当成我的俘虏；我也看见了那只从鸟巢中掉下来的小鸟，在我试图上前去抓它时，我看见了鸟妈妈的目光正在注视着我，我只想把它送回到鸟巢里。"

这个女孩接着说道："老师，我已经嗅到了花朵的芳香，感受到了蝴蝶对自由的渴望，同时也体会到了小鸟妈妈眼睛里流露出的伤心。所以，我什么也没能带回来。"

老师非常热情地称赞了这个女学生。老师说："爱是发自内心的感觉，爱不是摘取，不是抓到什么，也不是得到或失去什么。爱是自己享受自由，同时给他人以自由。"

文/参　息

爱与拥有

什么是爱？读完这篇小小的文章，你懂得了吗？

在家里，有父母的爱；在学校里，有老师的爱；在同学朋友之间,有朋友的爱。这是爱,这是亲情的爱,朋友之间的爱。可是,在这篇文章里,却是一个小孩子对大自然的爱,一颗宽大善良的爱心,让自己得到爱的同时,让别人也得到了爱。因为对花的爱,所以愿意让它更长时间地散发香气;因为对蝴蝶的爱,所以不忍心把它们作为自己的俘虏;因为对小鸟的爱,所以想把它送回到鸟巢里。虽然什么都没有带回来,但是她在选择自己所爱的东西的同时,也给了别人自由。正如那位老师所说的:"爱是发自内心的感觉,爱不是摘取,不是抓到什么,也不是得到或失去什么。爱是自己享受自由,同时给他人以自由。"

原来,爱一样东西,并不一定要拥有它,只要它能够快乐自由,自己内心也就得到了快乐。如果你硬要把它拿到手,或许并不是你真正地爱它,只是想拥有它。

赏析/戚玉春

上帝不会让你一无所有

人生恰如一扇窗,当一扇窗户关上了,
那么必然有另一扇窗户为你开着。

一位来自农村的年轻人大学毕业后,带着父母省吃俭用攒下的钱来广州创业。然而,三个月后,与他合伙的同乡却卷款而逃了。后悔、愤懑、无奈、绝望一起在他心底交织着,他想到了死。

他躺在天桥上,脑海里一片苍茫。这时,一位卖报纸的老妇走过来说,先生,买张报纸吧!他下意识地将手伸进衣袋。他摸到了一个冰凉的东西,拿出来,竟是一枚面值一元的硬币!他想,把这一元硬币花掉自己就是真正一无所有的人了。于是,他把硬币递过去。老妇送给他一张报纸并找回一枚面值五角的硬币。

他忽然瞥到了那则招聘启事:本公司求贤若渴,诚邀有志之士加盟……他心动了,缓缓走到天桥下的电话亭,然后拿起听筒。对方要求跟他见面。他放下电话,将那枚五角硬币递进去,老板又找回来一角硬币。他将这枚硬币攥在手心,决定去那家公司碰碰运气。

他来到那家公司,一股脑儿地跟老板说了自己的不幸遭遇。老板说,谢谢你的信任,希望你能加盟我公司。年轻人掏出那枚一角硬币,惨淡地说,除了这一角钱,我一无所有。老板爽朗地笑了,有一角钱并不是一无所有啊,真正的财富并不是用你拥有财产的多寡来衡量的,而是用你头脑里的智慧和骨子里的坚强来体现的。老板向他伸出了手。

年轻人留了下来。时隔三年,他被提升为副经理。如今,他拥有了自己的产业,资产数百万元。但他不会忘记,当年那枚硬币所带给他的人生奇迹。

上帝不会让你一无所有。失败时,请摸一摸口袋,也许会有一枚硬币静静地躺在那里,也许这恰恰是上帝故意留给你的开启命运之门的钥匙。

文/永 星

生活中的另一扇窗

有这么一句名言:人生恰如一扇窗,当一扇窗户关上了,那么必然有另一扇窗户为你开着。所以亲爱的朋友,当你遇到困难、挫折的时候,不要沮丧不要绝望,因为生活永远不会把我们推向绝处,只要我们抛开烦躁的心情,冷静下来仔细分析,发现一直隐藏在我们身边的机遇,好好把握珍惜,那么逆境就会消失,另一片新的天地即将降临。

当你考试不及格、学习成绩停滞不前的时候,请想起你不久前参加的诗歌朗诵比赛得了第一名;当你事业一败涂地、穷困潦倒的时候,请想起你还拥有着健康的身体,年轻善良的心;当你失去人生第一个爱人的时候,请想起你身边还站着永远爱你的父母,相伴走过风风雨雨的朋友。无论何时,不管何地,请记住,只要你不在心灵上设置障碍,人生就没有跳不过去的坑洼。

有那么一天,当你生活中的一扇窗关上了,那么请尝试打开另一扇窗吧,在那里你将会看到一道更绚丽灿烂的风景。

赏析/何瑞铮

第五辑　春天的舞会

　　童年的我们，无忧无虑，无牵无挂，每天都是盛会，每时都能欢乐。我们肆意地成长，为的就是摆脱记忆里的嘤嘤抽泣。让成熟的收获在未来等着吧，没有成长的坎坷与不易，成功怎么会清香扑鼻？让夏天的酷暑准备着吧，让秋天的丰收铭记着吧，让寒冬腊月带着雪花肆虐吧，都会过去都会过去，过去了，春天就不远了。花啊草啊水啊风啊，还有阳光，我们一起相聚……

春天，遂想起
江南，唐诗里的江南
采桑叶于其中，捉蜻蜓于其中
遂想起多莲的湖，多菱的湖
多螃蟹的湖，多湖的江南

孩子的沉思

童心如镜子般明亮,如水一般清澈。

雪 仗

你扔向我的是雪,扔来一捧捧热情的问候;
我射向你的是雪,射去一团团真诚的祝福。
没有呛人的烈火硝烟,不见血腥的残酷厮杀。阵地上弥漫的是一片欢声笑语……
啊,假如人间的战争都像这雪仗,那世界将变得多么美丽!

老 树 根

给花朵留下的是姹紫嫣红;
给枝叶留下的是青翠碧绿;
给树干留下的是强劲挺拔;
给果实留下的是芬芳甘甜……
你自己呢,却什么也没留下,只留下一身凹凸不平的伤痕!

笑 面 佛

对来到你面前的人,不论是男是女,也不论是老是少,你任何时候都是满面含笑。

看起来，你似乎比谁都要公平、友好、慈爱。

可是，我不能理解的是——当有人在你的眼皮子底下干着害人的勾当，你居然也笑得出来！

金　鱼

缸里没有风，只有一缸像湖水一样清澈的水；

缸里没有浪，只有几根像河草一样翠绿的草。

但奇怪的是，无论你怎么游，也无论你游得多好，也只能在这里转着小小的圈圈儿……

于是，你终于后悔了。后悔不该来到这精致的玻璃缸里。如今啊，你只能得到一片狭小的天地！

回　声

我喊一声"矮"，你会跟着喊一声"矮"，声音一模一样；

我叫一声"高"，你会跟着叫一声"高"，语调不差分毫。

的确，你的本领无比高超，学舌学得惟妙惟肖。但我一点也不佩服你。

因为，明明是错的，你竟然跟着喊对，明明是坏的，你竟然跟着叫好……

蜡　烛

有人说，你一边燃烧，一边在流着痛苦的泪。

其实，这是对你莫大的误解。

你连死都不怕，还会害怕痛苦吗？

那根本不是软弱的泪滴，而是你拼命燃烧时洒下的汗水！

文/肖邦祥

童心如镜子般明亮,如水一般清澈。不是吗?这组散文诗写的就是一个孩子的沉思。从这里,我们看到的是一颗多么纯洁的童心。他懂得什么是爱,什么是恨;明白什么是美,什么是丑;知道该做什么,不该做什么。

不同事物给人的启发也是不同的。作者看到以上事物,就有了这些想法。那么,你看到这些事物会想到什么呢?说一说、写一写吧。

赏析/陈龙银

春天的舞会

小蜜蜂跟着蝴蝶来到了花园,来到了田野,来到了喧闹的小河边……

春风吹醒了花草虫鸟沉沉的梦,白云托起金灿灿的铜盘,给大地上的孩子们照镜子梳妆打扮。

你瞧——

桃花姑娘扬起胳膊,正专心致志地往脸上施着淡淡的胭脂;玫瑰姑娘努着小嘴儿,涂抹着红艳艳的口红;柳树姑娘羞答答地梳理着秀丽的披肩发……

　　小蜜蜂赶来凑热闹,嗡嗡嗡嗡地问个不停:

　　"打扮得这么漂亮,干啥去?"

　　蝴蝶飞来忙回答:

　　"春姑娘发了红请帖,要大家参加舞会去!"

　　"舞会在哪儿呢?"

　　"跟我来吧!"

　　小蜜蜂跟着蝴蝶来到了花园,来到了田野,来到了喧闹的小河边……

　　小溪弹奏着银弦:"哗啦啦!哗啦啦!"

　　青蛙放出绿色的唱片:"呱哇哇!呱哇哇!"

　　杨树娃娃手舞着风铃:"丁零零!丁零零……"

　　小燕子"啾!啾!"地在空中欢叫:

　　"开始啦!开始啦!舞会开始啦!"

　　春风奏起了欢乐的曲子,小鸟儿放声歌唱。

　　柳树姑娘甩甩长发扭扭腰,跳起了摇摆舞;

　　桃花姑娘、杏花姑娘伸伸胳膊、跺跺脚儿,跳起了现代舞;

　　小草儿踏着松软的绿地毯,跳起了秧歌舞;

　　河里的鱼儿跳起了活泼的水花舞;

　　小蜜蜂、小蝴蝶也情不自禁地跳起了圆圈舞……

　　大地洒满了欢笑。

　　啊!春天的舞会真热闹!

文/贾林芳

为春天歌与舞

　　春天来了。花草、树儿都把自己打扮得很漂亮,蜜蜂、蝴蝶要去参加舞会了,小溪、青蛙、杨树在为舞会奏乐,花儿、草儿、鱼儿……都来跳舞了。看,这有多热闹!大家为什么这么快乐?因为春天来了,她带来了美,带来了生命,带来了希望,带来了力量。一切事物都要为春天歌与舞。

　　这篇散文把春天里的事物都拟人化了，所有的事物都有了生命，把一个充满朝气、洋溢着活力的春天展现给了我们。

赏析/陈龙银

下 雪 天

　　我们可以想象一下，这是一幅多么美丽的图画！

　　冬天到了，飘飘悠悠的雪，静悄悄地从天上飘洒下来，大地变成了洁白的世界。

　　一个穿着大红袄的小姑娘，蹦蹦跳跳地跑到雪地里，她把头抬得高高的，仰着苹果似的红红的小脸，张大着嘴，让纤柔的雪花在她的小脸上慢慢地融化，让一朵一朵洁白的雪花飘进她的嘴巴，甜甜的，香香的，凉丝丝的。

　　远处，卖冰糖葫芦的人，喊出一声声清脆的叫卖声："冰糖——葫芦！酸酸——甜甜！"这声音悠悠地随风飘来，撩拨着你的馋虫。

　　一串串艳红的冰糖葫芦，插在金黄色的麦秸秆上，在雪地里显得火红火红，像镶嵌在汉白玉上一颗颗红红的宝石。

　　小姑娘举着红红的冰糖葫芦，在雪白雪白的雪地里奔跑着，迎着飘飘洒洒的雪，好似举着一串红红的鞭炮，好似天上点点闪闪的星星。

　　"噼——啪！噼——啪！"爆竹声声。

"过年啦！过年啦！"小姑娘举着红红的冰糖葫芦，在雪地里甜甜地喊着。

雪天里，穿着大红袄的小姑娘，还有那甜甜的、令人回味的冰糖葫芦，让你在瞬间便拥有了多彩的色调和梦想……

文/金志强

红、白两色描绘的图画

雪花飘落，大地一片洁白。就在这洁白的雪地上，一个穿着大红袄的小姑娘，手里举着一串红红的冰糖葫芦，在欢快地奔跑，她边跑边喊："过年啦！过年啦！"我们可以想象一下，这是一幅多么美丽的图画！而这幅画色彩并不多，只有红、白两色，却把孩子们企盼过年的心情和过年的热闹气氛表现得淋漓尽致。

赏析/陈龙银

小 小 牧 场

又又顺着爷爷指的方向，果然看见几只蚂蚁正在"挤奶"，蚜虫屁肚分泌出亮晶晶的蜜液，蚂蚁吃得可香啦！

星期天，又又跟爷爷一块儿到树林里玩。爷爷指着椴树的一根树枝对又又说："瞧，这里有一个牧场。"

又又咯咯地笑起来："牧场都在大草原或者山坡上，怎么会在树枝上呢？"

爷爷说："这里呀，是一个小小牧场！"

又又仔细一看，呀，这根树枝上有好多蚜虫，还有一队蚂蚁在枝条的两头用黏土垒成墙，墙上开一扇门，几只强壮的蚂蚁把守在门口。有的蚜虫想溜出去，守门的蚂蚁立即把它赶了回去。两只瓢虫想钻进去偷吃蚜虫，蚂蚁门将毫不客气地把它们赶走了。

又又好奇地说："爷爷，这是怎么回事呢？"

爷爷捋了捋胡子，慢悠悠地说："这里呀，是一个蚂蚁牧场。这些蚜虫，都是蚂蚁们放牧的。"

"蚂蚁放牧蚜虫干什么呢？"又又不明白。

爷爷看透了他的心思，摸了摸他的小脑瓜说："这些蚜虫呀，能分泌一种蜜汁。蚂蚁呢，就是靠吮吸这些蜜汁生活的。更有趣的是，这些蚜虫只有在蚂蚁的按摩下才会分泌蜜汁。你瞧瞧，这几只蚂蚁正在按摩蚜虫的肚子呢！每天，蚂蚁就像挤牛奶一样，要在蚜虫的肚子上按摩二十多次。每次，它们都能吮吸到可口的蜜汁。"

又又顺着爷爷指的方向，果然看见几只蚂蚁正在"挤奶"，蚜虫屁肚分泌出亮晶晶的蜜液，蚂蚁吃得可香啦！

"蚂蚁光吃蚜虫的蜜汁，这不是不劳而获吗？"

"不，"爷爷说，"蚂蚁对蚜虫照顾得可周到呢！蚜虫最爱吃椴树的树汁。如果这个牧场的食物不够了，它们会将蚜虫迁移到新的牧场。如果一个牧场的蚜虫太多了，它们会将一部分蚜虫分到另一个牧场去。为了保护蚜虫，它们会奋不顾身地向其他昆虫开战。蚜虫的卵，也被它们运到蚁穴里过冬。幼蚜虫出世后，蚂蚁会像照顾自己的孩子一样照顾它们。春暖花开以后，它们才把这蚜虫转移到牧场上去放牧。"

"啊，蚂蚁可真聪明呀！"

这个星期天，又又感到过得特别有意义。

文/凡 夫

爷孙俩看放牧

散文写的是爷孙俩看放牧的事。你知道是什么样的放牧吗？——是蚂蚁放牧蚜虫呢！这可是再新奇不过的事！散文借用爷爷的话，把蚂蚁放牧蚜虫的经过，以及蚂蚁和蚜虫之间的相互关系，都详细地描述出来了。这爷孙俩可真有意思，竟然研究起树枝上的小昆虫了！从爷爷的谈话中，我们可以看出，他是一个很有童心的人，也是一个勤于观察、善于观察的人。散文的字里行间洋溢着一种爷孙间的乐趣，体现了一种亲情。

赏析/陈龙银

脸上的小红花

要想学到真本领，就必须有坚忍不拔的毅力。

窗帘拉开了。我看到窗外飘着雪花，远处的电线杆、房屋，近处的树木、街道，全都白了。

我背着书包，顶风冒雪上学校，北风呼呼吹，好像在问："冷吗？"我哈口热气，说："冷，可我不怕！"雪花轻轻飘，好像在问："滑吗？"我加快脚步，说："要是滑倒，爬起来再跑！"

我走到校门口，看到老师，忙说："老师早！"老师摸摸我红红的脸颊，笑了："啊！你的脸上开了两朵小红花。"

文/程逸汝

勇敢又好学的好娃娃

天下起大雪，冷风飕飕，可"我"不怕；路很滑，可"我"也不怕。要想学到真本领，就必须有坚忍不拔的毅力，就应该不怕苦不怕累，坚持天天上学，努力学知识。你看，文中的小朋友多懂事！难怪老师抚摸着他的脸颊，笑了，还说他红红的脸蛋像"两朵小红花"。

赏析/陈龙银

白　猫

樱樱多有想象力，童心多纯真、多可爱！

樱樱清早起来，迎着冰凉凉的晨风，在山坡上做早操。

做着做着，樱樱突然觉得有只白猫钻到了她的脚边；低头一看，哪里是什么白猫呀，原来是一团雾，悄悄然，悄悄然移动脚步，在她膝间轻轻缠绕。

樱樱伸手去抓,"白猫"调皮地化作白雾,默默逃掉;

樱樱站着不动,白雾又聚在一起变成"白猫",悄悄跑过来,吓了樱樱一跳。

哦,一定是山里的雾怕我孤单,来陪我玩!

樱樱不再做早操。她一会儿追,一会儿抓,一会儿又蹑手蹑脚地逃跑,做着各种各样的怪动作……

爸爸觉得奇怪,打开窗户问樱樱:"你究竟在搞什么名堂?"

樱樱笑嘻嘻地回答:"我在跟白猫玩捉迷藏。"

"白猫?哪里来的白猫?"

爸爸的眼睛睁得像个大问号!

文/刘保法

雾是只可爱的白猫

这篇叙事散文讲了一件十分有趣的事:小朋友樱樱在做早操时,突然发现一团白雾来到自己的脚下,雾像一只白猫,和她玩起捉迷藏的游戏,樱樱和它玩得可开心了。爸爸被女儿奇怪的举动弄糊涂了,更不知道女儿说的"白猫"是什么。是呀,没有孩童的想象,没有童心,你是怎么也弄不明白的。樱樱多有想象力,童心多纯真、多可爱!

赏析/陈龙银

竹子和槐树

光有美丽的外表是不够的,关键要看是
否真正有价值,内在美才是最重要的。

竹子小姑娘很骄傲,因为她有一副优美的身材。大家都知道,竹子小姑娘长得苗条挺拔,浑身碧绿光滑,亭亭玉立地站在那里,一身四季常绿的漂亮衣服,微风吹来,婆娑起舞,深受大家喜爱。

槐树老爷爷在竹子面前显得很寒碜,他皮肤又黑又粗,长得又矮又壮,枝叶也不漂亮,喜欢他的人不多。

一位老木匠仔细地打量了他俩后,耐人寻味地说:"竹子虽高,节节空梢;槐树虽矮,棵棵是料。"

文/庄 奇

内在美才是最重要的

竹子外表确实美,比老槐树不知要美多少倍呢。可在老木匠的眼里,槐树比竹子要有用得多。因为竹子细小,又是空心的;而槐树虽说矮,但棵棵都能派上用场。可见,光有美丽的外表是不够的,关键要看是否真正有价值,内在美才是最重要的。文章虽是写植物的,但对我们很有启发。

文/陈龙银

风 筝 醉 了

爸爸笑起来,女孩也笑起来,风筝也笑
起来,笑得在天上一摇一摇,一晃一晃。

天空中,有一只醉酒的风筝,摇呀摇呀,摆呀摆呀,怎么也飞不稳。

牵着风筝的是一个女孩,女孩不喝酒,可她爸爸是酒鬼。爸爸回家的时候,常常是一晃一晃,旁边还有人搀着。

喝醉酒的爸爸总是骂妈妈,妈妈不敢回骂,因为醉酒的爸爸会打人。所以妈妈只能抹眼泪。妈妈抹眼泪的时候,女孩也小声哭泣。

女孩拔掉酒瓶的塞子,酒流了出来。酒沿着桌子流到地上,就把女孩的风筝打湿了。妈妈把风筝晾干交给女孩的时候,女孩发现风筝醉了。

爸爸来看女孩放风筝,女孩对他说:风筝醉了! 就像爸爸喝了酒回家的时候一个样。

爸爸看了看天空,醉了的风筝在天空中摇呀摇呀,晃呀晃呀。爸爸问女孩:我是这样的吗,我真的是这样?

女孩说:还打人呢,还骂妈妈。

爸爸就说,这只风筝不好,咱们换一只风筝吧。

女孩说:可是爸爸呢,爸爸可不可以换,我想换一个不喝酒不打人不骂妈妈的爸爸？

爸爸的脸就红了，像一块红布，一直盖到脖子上。

爸爸留下了那只风筝，每天早早地回家，和女孩一起放风筝。还是那只醉酒的风筝。可是爸爸从此不喝酒了。

女孩好高兴啊！她牵着那只醉酒的风筝，在草地上跑哇跑哇，一下就摔倒了。爸爸愉快地对女孩挤了挤眼睛：怎么啦，你也醉了吗？

是的，女孩说，我太高兴，我就醉啦！

爸爸笑起来，女孩也笑起来，风筝也笑起来，笑得在天上一摇一摇，一晃一晃。

文/谭小乔

醉在快乐的怀抱才幸福

爸爸爱喝酒，常常酒醉而归，骂人打人。这让妈妈和女孩很伤心。女孩最后想出了一个好办法——借放风筝的机会，让爸爸感觉到自己的错误，并最终真心诚意地改邪归正了。风筝醉了，女孩也醉了，她们醉在快乐的怀抱中，这才是真正的幸福。散文写的是生活中的事，表现了童心的力量，童心有时能照亮人的心灵，能净化人的心灵。

赏析/陈龙银

路遇大蚯蚓

动物是我们人类的朋友,它们同样需要
我们的关爱。有了爱,世界才会更美好。

一大早儿,大马路清清的静静的,偶尔才有人有车走来走去开来
开去。我拎着刚从市场上买的菜走在回家的大马路上,一会儿抬头看
看路边的树,一会儿低头瞅瞅路面。边走边想着今天休息写点什么。

忽然,路面上一个东西在蠕动着。我紧走几步,到了它的跟前。
"啊——是条大大的蚯蚓!"我头一次看见这么大蚯蚓,有八九寸长,
直径足有半厘米多,暗红暗红的,在大马路上不停地爬着爬着。

"大蚯蚓,你到哪里去啊?"我觉得奇怪,大蚯蚓为什么离开它地
下的老家,爬到大马路上啊?大蚯蚓没有回答我,仍然旁若无人似的
往前爬啊爬,不停地爬着。

"我们再见!"我觉得大蚯蚓一定有它自己的目的地,那就不打扰
它了。

我有我的目的地,往家走。告别大蚯蚓,走了几步,忽觉得不对
啦——大蚯蚓若是遇见抓它钓鱼的人不就活不了了吗?头几天一大
早就看见钓鱼的人在路上找蚯蚓呢!原来蚯蚓因为夏天多雨地下过
于潮湿才爬到地上的啊。还有啊,大蚯蚓在马路上是爬不回地下了,
若是被人踩了被车轧了不也活不了了吗?

于是,我急忙转过身,急忙往回走。大蚯蚓还在爬,等我站到了它

的跟前,它竟停了下来!"大蚯蚓啊,你不要在大马路上爬啦!因为这上面危险啊。"我一边和它说话,一边到马路牙子上拣来一根细细的树条,小心翼翼地去挑它。它好像知道了什么,像个听话的孩子,一动不动地让我挑了起来,走了八九步远就是绿绿的草坪了,我弯下腰,轻轻地把它放在那里。"这回,你爬吧!"绿草下面就是黑黑的土壤,那里才是大蚯蚓的家呢。大蚯蚓在土上停了一下,才慢慢地往土里爬去。

"再见,大蚯蚓!"我走到大马路上,一溜娶亲的小汽车从刚才大蚯蚓爬的地方开了过来。我看看车上红红的气球,望望绿绿的草坪,长长地出了一口气……

文/杨福久

爱的举动

　　散文写了这样一件事:"我"在回家的路上遇见一只大蚯蚓,从它身边走过后,"我"又转身回来,因为"我"担心它回不了自己的家——土地,怕它被人抓走或被车所伤。"我"最后将它送进草坪中,才放下心。散文所写的只是件再小不过的事,但却体现了"我"的爱心——对自然的爱,对生命的爱。动物是我们人类的朋友,它们同样需要我们的关爱。有了爱,世界才会更美好。

赏析/陈龙银

三只风筝飞过来

关心他人，帮助他人，尤其是在别人最困难、最需要温暖的时候。这才是真正的朋友。

小松鼠病了，躺在树上的洞里，不能动，更不能去和朋友们玩儿。

"我们去看看小松鼠。"小猫说。

"不行不行，松鼠家太小，我进不去。"小熊说。

"不行不行，松鼠家太高，我上不去。"小狗说。

那可怎么办？小猫想呀想，小狗想呀想，小熊想呀想，他们想出个好主意。

早上，小松鼠被喜鹊叫醒了，"小松鼠，小松鼠，你快看！"

小松鼠探出头来一看，呀，三只风筝向他飘来。一只小猫风筝，一只小狗风筝，还有一只小熊风筝。

小松鼠往树下看，小猫、小狗和小熊正向他招手呢。

小松鼠心里暖暖的。

文/刘丙钧

朋友间的友爱

小松鼠病了，只能躲在树洞里，不能出来玩儿。他的好朋友小猫、小狗和小熊可着急了。可是，急也没有用，小松鼠的家又高又小，小狗、小熊上不了树、进不了他的家。怎么办？小猫、小狗和小熊还真有办法,他们用自己的形象做出了风筝,放到小松鼠家门前,让小松鼠知道好朋友们都在惦记着他。你想,当小松鼠看到风筝时,心里是多么温暖!他的病也一定好得更快。

关心他人,帮助他人,尤其是在别人最困难、最需要温暖的时候。这才是真正的朋友。

赏析/陈龙银

放"野火"

每当正月十五夜幕降临时,我们各家的小孩子,就迫不及待地做起放"野火"的准备工作了。

小时候,大约二十世纪五十年代初吧,家乡农村流行放"野火"的习俗。

每年正月十五晚上,村民们点燃用干稻草扎成的火把,到田野里奔跑。他们边跑边挥动手中的火把,嘴里不停地喊着:"野火高,野火旺(当地习惯念成 yáng),我家生活比火旺;野火旺,野火高,我家田里产量高!"人们跑了一圈又一圈,当手中的火把快燃烧尽时,便猛地把它抛向高空。火球在空中划出一条抛物状的弧线,煞是好看。

显然,这种民间习俗,寄托了村民们对新的一年的美好希望,向往着有个五谷丰登的好收成!

对我们小孩子来说,放"野火"是一项十分开心的活动。每当正月十五夜幕降临时,我们各家的小孩子,就迫不及待地做起放"野火"的准备工作了。最重要的准备就是挑选好干燥、耐烧的稻草。选好稻草后,就把它们扎成细长条的火把,也有的把稻草捆扎在木棍、竹竿上。

每人都要准备好两三个火把。然后，小伙伴们便相邀集结同行，而且往往要进行攀比，看谁扎的火把烧得旺，烧的时间久。所以，我们在做准备工作的时候，都很认真，谁也不愿被比输。

听老人们说，以往，人们都到自己家的田里去放"野火"。后来，合作化了，各家的粮田都合在一起了，就分不清那是谁家的田，往往选择到比较空旷的田里去放，这样可以确保安全。

好像已成了一条不成文的规定，当大人们举着火把奔向田野时，我们全村的小孩们都会紧跟而上。我们小囡队的欢呼声、叫喊声，远远比大人们的响亮。此时，我们都兴奋无比，忘记了一切烦恼，随着放起的"野火"，也放飞了我们的心情。我们会不停地"喔喔"叫着，把手中的火把舞出各种花样，整个场面十分壮观，尤其是当大家将火把抛向空中时，我们的激动劲呀，真不亚于如今看焰火！

当然，也有乐极生悲的时候。

有一年，我在放"野火"的时候，一不小心将仅穿了十多天的新棉袄烧了个洞。那时呀，我的心里难受极啦。小伙伴们见状，都千方百计安慰我："新年穿新衣，穿过新年变旧衣，今晚一过呀，新年就结束了（当地乡俗，一般认为从大年初一到正月十五，新年就过去了），所以呀，你的新衣本来已是旧衣啦！旧衣被烧了个洞，明年不就又好换新衣啦！"说着，大家又都高兴地抛起火把，齐声大喊起来："野火旺，野火高，明年大家再穿新棉袄！"看着同伴们的疯狂劲，我忍不住"扑哧"笑了起来，又高高兴兴地加入了放"野火"的行列。

文/王伯方

快乐的节日

这是一篇回忆童年趣事的散文，写的是家乡放"野火"的事：什么是放"野火"？它有什么含义？怎么做准备？怎么放？放"野火"给"我们"带来哪些快乐？文章很有条理，我们读后对这一民间习俗便有了清晰的了解。散文寄托了作者对童年的美好回忆。

赏析/陈龙银

第六辑　钓蝴蝶的小姑娘

　　路途中，我们曾留意过同行者吗？身边的徒步旅友每一步都是跋涉，利索的自行车骑者微笑着回首打招呼，汽车里的司机给我们打着食指和中指示意加油，飞驰而去的赛车竟然也留下笑声。这一切，都告诉我们，往前走，我们不孤单，同路者众多，可能我们没有标新立异，也踩着了很多人的脚印。可是，生活就是如此啊，我们走我们的，只要一直勤奋、扎实、正确，那么我们每一个呼吸都能在空气里留下痕迹。

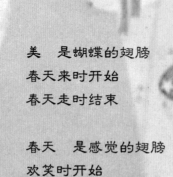

美　是蝴蝶的翅膀
春天来时开始
春天走时结束

春天　是感觉的翅膀
欢笑时开始
忧郁时结束

泥泞留痕

只有经历过了风雨的洗礼，人生的道路
上才会留下你成长的脚印。

鉴真大师在剃度一年多以后，寺里的住持还是让他做行脚僧，每天风里来雨里去，辛辛苦苦地外出化缘。要知道，这几乎是寺里人都不愿意干的最苦最累的苦差事。

有一天，日已三竿了，鉴真依旧大睡不起。住持很奇怪，推开鉴真的房门，见鉴真依旧不醒，床边堆了一大堆破破烂烂的鞋。住持叫醒鉴真问："你今天不外出化缘，堆这么一堆破鞋干什么？"

鉴真懒洋洋地打了个哈欠，愤愤不平地说："别人一年连一双鞋子都穿不坏，我刚剃度一年多，就穿烂了这么多鞋子。"

住持一听就明白了他的弦外之音，微微一笑说："昨天夜里落了一场透雨，你随我到寺前的路上看看吧。"

寺前的路是一块黄土坡地，由于刚下过一场透雨，路面泥泞不堪。住持拍着鉴真的肩膀问："你是愿意做个天天撞钟混日子的和尚，还是愿意做个能光大佛法的名僧？""我当然想做个名僧了。"

住持将着胡须接着说："你昨天是否在这条路上走过？"

鉴真回答："当然。"住持接着又问："你能找到自己的脚印吗？"

鉴真十分不解地说："昨天这路上又干又硬，哪能找到自己的脚印？"

住持没有再说话，迈步走进了泥泞里。走了十几步后，住持停了脚步说："今天我在这路上走一趟，你是否能找到我的脚印了呢？"

鉴真答道："那当然能了。"

住持听后拍拍鉴真的肩膀说："泥泞的路上才能留下脚印，世上芸芸众生莫不如此啊！那些一生不经历风风雨雨、碌碌无为的人，就像一双脚踩在又干又硬的路上，什么足迹也没有留下。"

顿时恍然大悟：泥泞留痕。

文/菊　上

不经风雨，怎见彩虹

当鉴真和尚不再愿意做寺里最苦最累的差事时，智慧的住持用下雨前和下雨后的路能不能留下脚印作对比，指点了鉴真：那些一生没有经历过风雨、碌碌无为的人，就像一双脚踩在又干又硬的路上，什么足迹也没有留下。

是的，不经风雨，怎见彩虹呢？没有经过风风雨雨的洗礼，又怎能在又干又硬的人生路上留下奋斗的足迹呢？当然，风雨不仅仅表面地指天气现象，更深一层是指：奋斗、苦难、挫折、血汗，还有泪水。一个人要成功，就要不断地奋斗，只有经历过了风雨的洗礼，人生的道路上才会留下成长的脚印，才会有所收获。

人生是漫长的，有许许多多的机会和机遇，但人生又是短暂的，你不能浪费一分一秒。难道你们有谁只想做个天天撞钟混日子、没有上进心的"和尚"吗？

赏析/李仕生

永远做一个勤奋的人

要获得成功，就要付出辛勤的汗水，没有人可以随随便便成功，天上是不会掉下馅饼的。

在美国，有一个人在一年之中的每一天里，都几乎做着同一件事：天刚刚放亮，他就伏在打字机前，开始一天的写作。这个男人的名字叫斯蒂芬·金，是世界上著名的恐怖小说大师。

斯蒂芬·金的经历十分坎坷，他曾经潦倒得连电话费都交不起，电话公司因此掐断了他的电话线。后来，他成了世界上著名的恐怖小说大师，整天约稿不断，常常是一部小说还在他的大脑之中储存着，出版社高额的订金就支付给了他。如今，他算是世界级的大富翁了。可是，他的每一天，仍然是在勤奋的创作之中度过的。

斯蒂芬·金成功的秘诀很简单，只有两个字：勤奋。一年之中，他只有三天的时间是例外的，不写作。这三天是：生日、圣诞节、美国独立日。

勤奋给他带来的好处是：永不枯竭的灵感。学术大师季羡林老先生曾经说过："勤奋出灵感。"缪斯女神对那些勤奋的人总是格外青睐的，她会源源不断地给这些人送去灵感。

文/欧阳文英

成功来自勤奋

认真地读完斯蒂芬成功的故事,它让我知道了要获得成功,就要付出辛勤的汗水,没有人可以随随便便成功,天上是不会掉下馅饼的。我们每一个人从小就应该养成一个良好的习惯,不做懒惰的孩子,要知道"勤奋出真知"这个道理。

一个著名作家的父亲在作家上小学的时候,每天都会问:"孩子,今天你做了些什么?"从此之后,这个作家便养成了每天都要有所学、有所收获的好习惯,这个好的习惯影响了他的一生,最后他成了世界著名的作家。这个故事和斯蒂芬的故事一样,都告诉了我们成功来自勤奋。

如果你要让自己的生活过得充实而有意义,那么,就让我们从今天起,用自己辛勤的汗水去浇灌花朵,让它结出成功的果实吧!

赏析/陈　颖

适合自己的鞋

不是所有人天生刚毅果敢,不刚毅果敢
也可以有很好的才华呀。

一个男孩子出生在布拉格一个贫穷的犹太人家里。他的性格十分内向、懦弱，没有一点男子的气概，非常敏感多愁，老是觉得周围的环境都在对他产生压迫和威胁。防范和躲灾的心理在他心中可谓根深蒂固，无法清除掉。男孩的父亲竭力想把他培养成一个标准的男子汉，希望他具有风风火火、宁折不屈、刚毅勇敢的特征。

在父亲那粗暴、严厉却又是很自负的斯巴达克式的培养下，他的性格不但没有变得刚烈勇敢，反而更加懦弱自卑，并从根本上丧失了自信心；以至于生活中每一个细节，每一件小事，对他都是一个不大不小的灾难。他在困惑痛苦中长大，他整天都在察言观色。常独自躲在角落处悄悄咀嚼受到伤害的痛苦，小心翼翼地猜度着又会有什么样的伤害落到他身上。看他那样子，简直就没出息到了极点。

这样的孩子，实在太没出息了，让他去当兵，去冲锋陷阵，去做将军元帅吗？让他去从政吧？依靠他的智慧、勇气和判断力，要从各种复杂势力的矛盾冲突中寻找出一种平衡妥当的解决方法，那便是可望而不可即的幻想。他也做不了律师，懦弱内向性格的他怎么可能在法庭上像斗鸡似的竖起雄冠来呢？做医生则会因太多的犹豫顾虑而不能果断行事，那只会使很多的生命在他的犹豫延宕中遗恨终生。

看来，懦弱、内向的他，确实是一场人生的悲剧，即使想要改变也改变不了。因为他的父亲已做过努力，已毫无希望。

然而，令人们始料未及的是这个男孩后来成了二十世纪上半叶世界上最伟大的文学家，他就是奥地利的卡夫卡。卡夫卡为什么会成功呢？因为他找到了适合自己穿的鞋，他内向、懦弱、多愁善感的性格，正好适宜从事文学创作。在这个他为自己营造的艺术王国中，在这个精神家园里，他的懦弱、悲观、消极等弱点，反倒使他对世界、生活、人生、命运有了更尖锐、敏感、深刻的认识。他以自己在生活中受到的压抑、苦闷为题材，开创了一个文学史上全新的艺术流派——意识流。他在作品中，把荒诞的世界、扭曲的观念、变形的人格，解剖得更加淋漓尽致，从而给世界留下了《变形记》、《城堡》、《审判》等许多不朽的巨著。

是的，人的性格是与生俱来不可随意硬性逆转的，就像我们的双脚，脚的大小无法选择，但我们可以选择适合于双脚的鞋，有了适合自己的鞋，我们就可以在人生的征途上健步如飞。姚明有了一双适合自己的鞋，就能在 NBA 赛场上摘星揽月；刘翔有了一双适合自己的鞋，就能在成功的跑道上一飞冲天。

别再抱怨你的双脚，还是去选一双适合自己的鞋吧！

文/崔鹤同

选一双适合自己的鞋

希腊有句名言：认识你自己。认识自己，就是知道自己擅长什么，明白自己追求的是什么。认识自己，有利于培养信心，有利于扬长避短。选一双"适合自己的鞋"就是要找出一条属于自己的道路。作者用确切的事例把道理说得很透彻，不同性格的人有着不同的路，虽然后天的培养有着很重要的作用，但先天的身体条件和气质特性对人的影响更大。不是所有人天生刚毅果敢，不刚毅果敢也可以有很好的才华呀。气质不同，成就也不同嘛。

小朋友，你要好好呵护自己，做自己心灵最贴近的朋友，为自己找双适合自己的"鞋"。只要找准自己选择的道路，并且付出努力去走，你必定会有属于自己的蓝天。

赏析/陈彩凤

人生的试金石

一个穷学生变成人人敬仰的伯爵,并不
是靠运气得来的,而是经过了多年的锻炼。

著名的亚历山大图书馆在一次火灾中被毁之后,人们在废墟中发现了残存的一本书。可惜这本书没有什么学术价值,政府打算把这本书拍卖掉。由于大家都知道这本书学术价值不大,没有人愿意买这本书。最终,一个穷学生以三个铜币的低价购得这本书。

这本书不但没有学术价值,内容也枯燥无味。那名穷学生在少有其他书读的情况下,还是经常拿这本书出来翻阅。翻到后来,书被翻破了,书脊里掉出一个小纸条,上面写着试金石的秘密:试金石是能把任何金属变成纯金的一种鹅卵石,它看起来和其他鹅卵石没有什么两样,它静静地躺在沙滩上,然而,一般的鹅卵石较冷,只有试金石摸起来是温暖的。

穷学生获知这个秘密后欣喜若狂,立即赶到大海边寻找试金石。穷学生满怀信心地挑选那些鹅卵石,可是那些鹅卵石摸起来都是凉凉的。穷学生渐渐地有些失望了,他愤怒地把捡起来的鹅卵石往大海深处扔去。他就这样日复一日、年复一年地在海边扔鹅卵石,而且扔鹅卵石的力气越来越大,那些鹅卵石也被越扔越远。

多年后的一天,穷学生捡到一块温暖的鹅卵石。然而,他已经形成了到手就扔的习惯,当他意识到那是块温暖的鹅卵石时,那块传说中的鹅卵石已经被他扔到了深海中。他懊恼地潜到了海底，寻找了许多天，还是找不到他扔出的那块试金石。

穷学生终于失望了，他一无所获地回到了首都。当时，国内正在举行建国百年庆典，国王一时开心摆擂台寻找全国力气最大的人，冠军将被封为伯爵，并可获得大量黄金和良田的赏赐。穷学生随着众人去看热闹，看来看去，觉得那些人的力气都没有自己的力气大。于是他上台去比试，结果把参赛者一个个都打败了，获得了大力士冠军，得到了国王的赏赐。穷学生变成了富裕而体面的伯爵，他感谢那本给他带来好运的书，决定把那本书重新装订并保存起来。他拆开书脊以便重新装订，却在书脊里发现了夹藏的另外一张纸条，上面写着：世界上没有真正的试金石，你对人生的态度就是试金石。当你老是抱怨没有机会的时候，或许机会真的到了手边你也把握不了。

文/[美]乔希·罕兹　译/扬先碧

态度决定一切

态度就是试金石。态度决定我们能不能向成功迈进，因为成功的关键在于我们是否在不断地追求。如果穷学生发现海滩上的鹅卵石全部是冷的时候就放弃了寻找，不再一次又一次愤怒地把冷冷的鹅卵石扔向大海，那么他就不能锻炼成为全国力气最大的人，也不会获得人人羡慕的荣誉和财富。

无论做什么事情，态度决定一切。只要我们保持积极向上的态度，奋斗到底，我们迟早都会成功。相反，如果我们只会抱怨，不落实到行动上去争取，这样就算机会来到我们身边，我们也会因为能力不足而眼睁睁地任机会溜走，连机会都抓不住，成功就更不可能了。一个穷学生变成人人敬仰的伯爵，并不是靠运气得来的，而是经过了多年的锻炼。所以，当同学们努力了很久都没有看到进步的时候，请不要气馁，坚持下去，或许成功很快就会来到你的面前。

赏析/李仕生

我们都是赶车的人

时间是一列永不停息的列车，我们都是赶车的人。

对于时间，人是一点办法也没有的，不管你怎样手舞足蹈地去拦它，它还是会从你面前飞驰过去。时间不会为你刹住，也不会尾随你而来，时间是迎面走来的，你只能等待，等它来了，你也只能让它过去。你要乘六点二十分的火车，哪怕你头天晚上全都准备好了，你也只能等待明天早晨六点二十分。你可以不断地醒来，两点，三点，差十分钟四点，你睡得迷迷糊糊地跳起来，哎呀，晚了。仔细一看你弄错了，还得等。等到五点，等到六点，这时你终于可以动身了。但是，如果你不小心又睡了过去，只多睡了那么一点点，跑到车站时只差了一步，只差一步，火车已经过去了。一步有可能就是一万年。对于时间，你只能准备，准备迎接。时间不会为你的焦急而加快脚步，也不会为你的没有准备好而有所等待。

人可以支配时间，这句话绝对站不住脚。在时间允许的情况下，你只能安排你自己，却绝不能说你在安排时间，更不能说是在支配时间。时间不是一袋方便面，不是一枚鸡蛋，不能由你烧开了水，煮熟了，吃进肚子里去；时间不是侍从，不是钱财，不能由你支配。你顶多只能掌握一些前提量，在时间可能会经过的地方，老老实实地去等。既然这样，你必须使自己经常保持勤快，否则，你只能经常被时间留

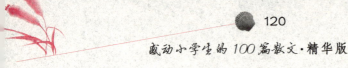
在它的身后，去看时间的背影。

对于时间来说，我们都是赶车的人。

文/孟庆德

保 持 勤 快

我有这样的体会，老师布置作业后，我稍加复习，然后第一件事完成作业，再去做其他事，这样容易保证作业能按时完成。如果把作业搁下来，等一下做，或去玩得不记得了，睡觉前就很后悔。有时到第二天人在教室里了，才想起原来自己没完成作业，就更懊悔了。

看完这篇文章，我明白了，时间是一列永不停息的列车，我们都是赶车的人。错失一步、一秒都可能赶不上。这一步、一秒，看起来没什么了不起，但如果我们是要去开重要的会议、报到、救人命，错过了这一步、这一秒也就是永远地错过了机会，这对我们来说是非常重大的损失，会影响我们的一生。我们只能勤快，什么事都要赶在限定的时间到来前完成。只能由我们准备好了等时间，因为时间不会对我们仁慈，它不会为任何人停住前行的脚步。

赏析/狗尾草

昨天和今天

挥霍时光就等于慢性自杀。

昨　天

昨天,来也匆匆,去也匆匆。

昨天已经与我们分手,犹如大江东去,再也不复回了。

昨天走得仓促,身影朦胧。你可真的认清了它的真面目吗?

昨天,是一个白昼和一个夜晚的简单的和,是已彻底失落了的二十四个小时,是人生的一页永远也抹不掉的确凿记录,是我们的生命在不知不觉间流逝了的一小部分。——是的, 只不过是很小很小的一部分,然而,却是应该珍惜的一部分。

昨天,头也不回地悄然而去了,然而却带走了人们在那二十四小时里的一切行为的印记。那些印记自然还十分新鲜——有的人留下了光彩;而有的人却留下了污斑。有的人留下了辛勤的成果,留下了前进的脚印,留下了攀登的指痕;而有的人却只留下了几声无聊的笑语,几声懒散的呵欠和刺耳的饱嗝……

你呢? 你给昨天留下了什么印记?

在向昨天揖别的时候, 愿你不要因为自己辜负了它而有愧于心。

今　天

今天翩然而至了。你可曾思索过,今天又是什么?

今天,是昨天所未尝得到,而明天又行将失去的东西。今天是从昨天而来的,然而不属于过去;今天将要向明天进发,然而又不属于未来。

今天,只属于今天它自己。

今天是活生生的,实实在在的。今天充满色彩、声音、生气和活力。——有风,也有水;有花,也有草;有阳光和云朵,有三岳和海洋;还有原野和森林,还有月亮和星星……

创造的汗水,进军的鼓点,奋战的吼声,胜利的欢呼……使今天显得格外迷人。

今天,书声琅琅,歌声飞扬。

今天,列车奔驰,钢花飞溅。

今天,庄稼在贪婪地吮吸大地母亲的乳汁;石油钻探平台的钻头在起劲地向大陆架的岩层伸延……

啊,这就是今天!朝气蓬勃的今天,龙腾虎跃的今天!今天是为了诞生希望和奇迹而存在的。谁也不要辜负这洒满阳光的日子!

抓住今天吧!紧紧地把它抓住吧!今天,我们要有所作为,有所进步,有所登攀!

明天,曙光初临的时分,当你揖别我们眼下这个沸腾的"昨天",愿你不要因为曾经荒弃过它而感到悔恨。

文/岑　桑

时间即生命

有句古话:一寸光阴一寸金。可见,时间是多么容易流逝,更见它的宝贵。朋友,如果你是那种轻易挥霍时光的人,那么请你好好思量一下。"时间就是生命",挥霍时光就等于慢性自杀,慢慢地结束你那短暂的生命啊!生命诚可贵。所以,我们要对生命负责,不能轻易浪费时间。

昨天,来也匆匆,去也匆匆。昨天是追不回的了,做最后的挣扎也无济于事;今天翩然而至,我们要好好把握今天,做细致的计划,应该完成哪些任务,就应该努力去完成,这样也做到无悔了。

现在,我们不需再嗟叹过去,我们要做的是要好好把握现在,把握今天的每分每秒!

赏析/余肖桃

浅 谈 自 信

自信就是要发现自己的闪光点,并正视自己的缺陷,取长补短,让自己的人生亮丽炫目。

一位名人曾经说过这样一句话,他说:"信心是成功的一半。"这就是说当你充满信心地做某一件事时,必然会达到事半功倍的效果。是的,这句话的确充满了哲理:在通往成功的路上,自信心是你必不可少的工具,它可以帮助你走过一条条不平坦的道路,它可以帮助你铲除阻碍你前进的荆棘,那么,该怎样把握自信呢?

其实,在自信的身边,经常会有这样的态度伴随着它,那便是自卑与自负。当自信过了头,就变成了自负;当某一个人自信心因某件事打击而骤减,那么随之而来的必然是日趋自卑。

我认为,在成长历程中,坎坷、挫折是难免的,只有在此时保持"胜不骄、败不馁",把握好自己的心态,从而正确地掌握"自信"这一工具。

实际上,在我们这个年龄,自卑或自负的人是大有人在的,尤其在考试过后表现得最为突出:在考试后公布成绩之前这段时间内,往往那些趾高气扬,万分得意的人经常是自负的,而那些垂头丧气,满脸愁容的人经常是自卑的。只有那些心平气和、不焦不躁的人才是真正自信的。公布成绩以后,又往往是真正自信的人成绩不错,这又是为什么?我想,过于自负的人会常常欣赏自己而看不到别人的优点,因而不能进步;过于自卑的人会常常只看到自己的缺点而不能肯定自己以致停滞不前。相反的,自信的人既能正确对待自己的不足,又能及时从别人身上汲取"营养",在各方面做得都很出色。

任何一件事情都是一把双刃剑,有好的一方面,当然也有不好的一方面,若你能把握好自信这个尺度,那么成功非你莫属,若将自信演变为自负或自卑的话,后果就非你所愿了!

希望所有的人都能把握好自信这个尺度,在它的帮助下,圆满完成自己的学业,走向属于自己的那一片湛蓝的天空!

文/佚　名

自信的秘诀

自信的秘诀就是善于发现自己的优点。不要羡慕别人,要记住:别人在羡慕我们,任何人都有自己的闪光点。

自信是最好的朋友,它可以在你遇到困难时给你勇气。羡慕别人只会让你陷入自卑的泥沼,做任何事情都缺乏自信,最后往往一事无成。自信就是要勇于承认自己的缺陷并予以改善。梅兰芳是我国著名的戏剧艺术大师。他的眼睛天生呆滞,毫无生气,这对从事戏剧表演的人无疑是极大的障碍,但梅兰芳没有泄气,也不羡慕那些天生有从事戏剧表演脸孔的人。他自信自己的努力一定能克服这个缺陷。于是他日复一日用眼睛追逐着飘动的白云,水里嬉戏的小鱼,终于练就了一双传神的眼睛。自信可以是攀登成功高峰的基石,只要你懂得自信的秘诀。

自信就是要发现自己的闪光点,并正视自己的缺陷,取长补短,让自己的人生亮丽炫目。

赏析/李 婵

从哪一头吃香蕉

当狭隘的思维阻碍着我们的时候,换个角度去想,说不定很快就能把问题解决。

一个美国在华的女投资人说过令我记忆很深的一句话:"我们美国人吃香蕉是从尾巴上剥,中国人总是从尖头上剥,差别很大,但是没有谁一定要改变谁的必要吧?"她的话,给我启发:世界上许多的事,都有与这个"从哪一头吃香蕉"的问题相似的地方——各持一端,也许都有道理呢。

一个人也很难改变剥香蕉的方式,如果已经是一种习惯。一个戒烟的人,他戒了一天烟,难受极了,他想:"我才戒了一天,就这么难,天呀,假如我还能活一万天的话,还要受九千九百九十九天的罪,算了吧!"这戒烟者是个失败者。换个想法:"我第一天就戒成功了,真不错！假若我还能活一万天的话，坚持下去，后面的九千九百九十九天就从成功开始，多好！"这个戒烟者在成就感中，一天天戒掉了烟瘾。

阻碍我们改变剥香蕉方式的原因，很多时候是我们自己的弱智与近视。遇到难事，先试试换个角度去想。这是个最简单的道理：香蕉是可以从两头吃的！

文/叶延滨

换个角度

香蕉可以从两头吃起，正如解决问题可以不止一个角度。找到适合自己的最佳方式就好。

以戒烟为例。戒了一天的烟，如果认为是今后成功的开始，不就很有动力继续戒下去了吗？这样，他一定会戒烟成功的，而且一天比一天开心。反之，如果觉得戒烟的第一天是受罪的开始，那他成功才怪。

所以遇到难事，要先想想怎样是解决问题的最佳方式。当狭隘的思维阻碍着我们的时候，换个角度去想，说不定很快就能把问题解决。比如考试快到了，如果觉得复习是件煎熬的事，何不这样想想：考试一结束就是放假，到时想怎样玩都行了，多好啊！这样会不会让你振奋精神，不再那么痛苦，反而有点兴奋和动力，更有信心迎接考试呢？

赏析/小小的雨

启　示

这只青蛙的做法是对的还是错的呢？我们无法下定义，那么就要一分为二来看了。

一只青蛙不慎掉到一口井里。它不停地沿着井壁往上跳，但总是跳到离井口十来公分处又掉了下去。接着，它从井底拼命往上跳，一次又一次，没有停息。

第一个打水的人注视着这只青蛙，感叹地说："一只小小的青蛙，这样执著、顽强，失败了，不屈服；跌倒了，从头干，真是百折不挠啊！但是我为什么遇到一点挫折就气馁、退缩、自暴自弃呢？难道我还不如这只青蛙吗？"

第二个打水的人注视着青蛙，禁不住叹气说："可怜的青蛙，你这样盲目徒劳地跳跃，何时才能跳出井底呢？你为什么不想一想到夜晚，打水的人少了，井水的水位上升好几十厘米，你不就可以轻轻一跃，跳上岸了吗？反省一下我自己，我正在做的那件事情一再失败，我应该冷静地思考啊，不能再蛮干了——我是个有头脑的人，我不能做青蛙！"

文/柳临风

启示多棱镜

一只青蛙掉到井里，两个打水的人却有不同的看法，并得到不同的启示，正所谓"横看成岭侧成峰，远近高低各不同"。但重要的是我们能得到启示,面对一件事情,学会观察与判断。

这只青蛙的做法是对的还是错的呢?我们无法下定义,那么就要一分为二来看了,青蛙的毅力很值得大家学习:"失败了,不屈服;跌倒了,从头干。"但是在坚持的同时,我们也要开动脑筋,冷静地思考,找到解决问题的更好方法。比如,在解数学题时,往往有许多解答的方法,这种行不通,那么可以尝试其他的方法,只要我们不放弃,成功的目标就会达到,难道不是吗?

赏析/陈　颖

钓蝴蝶的小姑娘

她为鱼儿着想,不忍看到小鱼儿受伤害,所以她换一种方式——用玫瑰花去钓蝴蝶。

我的邻居中有一对喜欢垂钓的夫妇,却有一个七岁的不爱钓鱼的小女儿。每到周末,经常听见那小女孩委屈的哭泣声。

记得那是一个云淡风轻的午后,正被一些资料弄得焦头烂额的我听到一阵银铃般的欢笑声,我寻声抬头望见邻居的阳台上伸出一根精致的钓鱼竿,末端垂挂的竟是一朵盛开的娇艳的玫瑰。有一只五彩斑斓的蝴蝶正绕着那朵玫瑰花翩翩飞舞,手握渔竿的是那"不爱钓鱼"的可爱的小姑娘。我好奇地走过去问她在干什么,小姑娘高兴地说:"我用玫瑰花钓到了一只美丽的蝴蝶。"

我的心猛地一震,记起了小姑娘曾悄悄对我说过她也喜欢垂钓,喜欢和父母一起欣赏那美丽的郊外风光。但是她不忍心看到尖锐的鱼钩刺破鱼儿的嘴,所以,每一次她都宁愿选择独自留在家中。

我又望了一眼那小女孩,午后的阳光正斜照在她的脸上,她如天使般可人。而那朵悬挂在半空中的玫瑰花,默默地散发着幽幽的甜香,就像一颗纯洁的童心在金色的阳光下闪闪发光,又如一泓碧水——清澈见底。

选择一朵花做钓饵,只可能吸引一些蝴蝶和小蜜蜂,却依然可钓到心满意足的美好和欢乐。不知在这个浮华喧嚣的现实生活中,究竟还有几个人依旧保持着那份纯真,选择这条云淡风轻、充满阳光的欢乐之路。

文/佚　名

换一种方式的快乐

童年是个充满梦幻与向往的季节,第一次看《钓蝴蝶的小姑娘》的时候,就喜欢上了那个天使般的小姑娘,也被她深深地感动了。小姑娘的梦,仿佛飘散着栀子花淡淡的芬芳,那么纯净,那么清淡,让人不由从心中疼惜。

每个人都有童年,那时候的我们有嬉戏、有盼望,心中还有多彩的梦。在这个浮华喧嚣的现实生活中,小姑娘纯洁的心灵没有受到半点尘世污秽,她喜欢郊外风光,也喜欢钓鱼,但因为她为鱼儿着想,不忍看到小鱼儿受伤害,所以她换一种方式——用玫瑰花去钓蝴蝶——一个既有创意而又有诗意的想法。她在自己愉悦的同时也不忘尊重自然界的生命。

有一天,我们会长大成人,长大后的我们都不要忘记:这个世界更需要人和自然的和谐相处。我们每个人都应该尊重生命,无论大小,并学会从中找到快乐与幸福的感觉。"选择一朵花做钓饵,只可能吸引一些蝴蝶和小蜜蜂,却依然可钓到心满意足的美好和欢乐。"换一种方式生活,那么,我们都会像文中的那个小姑娘一样快乐。

赏析/吴晓颖

第七辑　睡吧，小树

　　清风是从林间穿过的，它清新，惬意，带着最新的氧气，轻轻抚过，顺便告诉我们树林里的秘密。小花是从石头缝里挣扎出来的，它没有根基，身茎瘦弱。但是，它用花朵绽放代表着它的笑意，告诉我们，一切不过如此，生是多么的快乐。小路绕着草地的边上而过，它的弯曲告诉我们，它不忍心从小草的脑袋上压过，反正不过是一次行走，我们就多迈几步吧。我们微笑着，听、看、闻，明天的一切，梦里去追寻吧。

月光像一条小河
响过你水晶的梦
……
我听见
你在呼吸
你睡得好吗

睡吧，小树

吃苦、困难反而能为我们提供丰富的经
历，能让我们的意志更加坚强。

秋天到了，树上的叶子一片一片落下来。

小树很害怕：叶子落光了，不成秃子了吗？那该多丑啊。

小树问身边的大树："婆婆，我们的叶子掉光了怎么办？"

树婆婆身上的叶子也在往下落，但她一点儿都不怕。她说："孩子，叶子是要落光了，可我们的根还在，我们的叶子还会长出来，而且会长得更多、更好。"

小树还是不明白。她说："没有叶子，我们做什么呀，小鸟还会落在我们身上吗？孩子们还来我们身边玩耍吗？"

树婆婆说："没有叶子鸟儿也会来。孩子，别说话，让我们慢慢进入梦乡，让我们在睡梦里与飞舞的雪花相会吧。"

"雪花？"小树太高兴了，她还没有见过雪花呢，"那，我们什么时候醒来？"

"当燕子从南国飞回来的时候。"树婆婆说。

哦，在一阵一阵的秋风里，小树的叶子落光了，她也越来越困了。终于，她睡着了。

在梦里，小树和飞舞的雪花一起舞蹈。

文/李红云

为更蓬勃的生命积蓄力量

秋天来了,小树很担心,怕因此而失去快乐甚至生命。还是经历丰富的树婆婆告诉了它:叶子虽然要落光,但树的根还在,只要根还存在,叶子就会长出来,而且在春天来临时,会长得更多、更好。小树这才放下心,它甚至在沉睡中还梦到了自己和飞舞的雪花一起舞蹈。

树儿们在冬天停止生长,实际上是在为来年更蓬勃的生命积蓄力量。我们在生活中有时也是如此。吃苦、困难反而能为我们提供丰富的经历,能让我们的意志更加坚强。

赏析/陈龙银

峨 眉 雾

峨眉山的雾,诞生了峨眉山的佛光。

峨眉山的雾,像醇美的奶酒,白白的,稠稠的,看一眼便醉了。

当浓雾散开来,大大小小的山头尽罩雾中,好像揭盖的蒸笼,一个个馒头热气腾腾。人在雾中穿行,真好比腾云驾雾。

薄雾缠绕山头时,松柏晃荡,若隐若现,那是一出皮影戏,又像一幅水墨画。

爬到山顶，雾在头上结成一颗颗冰粒，那是峨眉山送给你的珍珠；也许，衣服上铺了一层薄冰，那是峨眉山送给你的银甲。

　　峨眉山的雾，诞生了峨眉山的佛光。

文/彭万洲

让人心醉的雾

　　雾，到处都有。这篇散文写的是峨眉山的雾，必须写出它与别处雾的不同，别人读了才会有新意。文章很注意这一点。它没有写雾的"共性"，而是抓住这里雾的特点，写到浓雾散开来时、缠绕山头时、落在人身上的不同情形。文中用了许多比喻句，更加形象地表现了峨眉山的雾的不同之处，人们读后便有身临其境的感觉。

赏析/陈龙银

如果感到幸福你就跺跺脚·精华版

石缝里的小花

　　小花在那么恶劣的环境下，还能开得那么明艳，多么不易！它那种在困难面前不低头的精神多么可贵！

　　星期天，妈妈带我到山顶公园去玩。

走在山崖旁边,我发现灰黄色的岩石上,闪着一颗耀眼的红点。是什么东西这样耀眼?走近一看,哦,原来是一朵盛开的小花!

这朵小花真红。我敢说,它比花园里任何一朵红花都红。它好像把世界上所有的红颜色都吸引到了自己身上似的,红得那么明亮,红得那么鲜艳。

这朵小花真香。我敢说,它比花园里任何一朵小花都香。它好像把世界上所有的花香都吸引到了自己身上似的,香得那么清新,香得那么甜润。

可是,这朵小花却只生长在一条几乎看不见的小石缝里。一根细细的,但却强壮的茎从石缝里钻出来,举起这朵小花。

这真是一朵了不起的小花!于是,一连串的问题,引起了我与妈妈的对话。

"这小花也生长在土里吗?"我问。

"是的。但它得到的土少得可怜,只有风儿带进石缝里的那一点点。"妈妈回答。

"这小花也能喝到雨水吗?"

"是的。但它喝到的雨水少得可怜,只有雨滴流进石缝里的那一点点。"

"没有土,没有水,小花为什么还能开得这样好呢?"我又问。

这回,妈妈没有回答,却说:

"你去问问小花自己吧!"

我恭恭敬敬地走到小花的面前,又恭恭敬敬地问了我的问题。

小花张开笑脸,回答了我:

"是花就要开放,不管它多么困难。不然,还怎么能叫花呢?"

我听后,想了好半天才明白过来。

"小花,你说得对呀!"我又转过头向着妈妈严肃地说了一句:

"妈妈,我也要做一朵石缝里的小花!"

文/金　本

散文写了两部分内容：前部分写"我"发现山崖的石缝间有朵小红花，"我"认为它是世界上最红、最香的花；后部分写"我"和妈妈、和小红花的对话，实际上是写"我"的感悟、"我"想到的花的精神。前者是因，后者是果。小花在那么恶劣的环境下，还能开得那么明艳，多么不易！它那种在困难面前不低头的精神多么可贵！作者说"我也要做一朵石缝里的小花"，就是想自己也应有这种精神。

赏析/陈龙银

梧 桐 树

梧桐树是一种友情和精神的象征，它是我们校园生活的见证。

校园里的梧桐树，你是我们的朋友。

我记得你春天发芽的时候，灰白色的、有细柔绒毛的芽苞，是多么新奇、多么快乐地出现在枝头！春雨给你洗了澡，就像小弟弟微笑着睁开眼睛，你枝头的芽苞都绽开了。你的有着美丽斑纹的树干，绿得非常可爱。除了你，还有什么树的树干，能这样绿呢？

校园里的梧桐树,你是我们的朋友。

我想,在夏天那些炎热的日子里,你一定看见我在你的树阴下做功课吧?你也一定知道,这水磨石的圆桌,是什么时候安放在这里的吧?我听老师说,是以前毕业班的大哥哥、大姐姐们留下的纪念。梧桐树,你一定很高兴吧?光滑的、明净的、美丽的水磨石圆桌,安放在你的树阴下。我仰着头看你。透过你密密匝匝的绿叶,我看见晶亮的阳光在闪烁。我好像看见了夜空中的星星。我好像看见了你的明亮的眼睛。你也在看我吗?梧桐树!

校园里的梧桐树,你是我们的朋友。

秋姑娘还在忙碌着:忙着给田野里的庄稼涂颜色;忙着给果园里的果实涂颜色;忙着给山林里树木、野草,以及各种各样的秋天里的花朵涂颜色。梧桐树,我愿你永远鲜绿,永远有一片树阴。可是你摇摇头,又抖落几片树叶。满枝的叶片都要落光了,你就不难过吗?梧桐树!我们把你的落叶积起来。我们点燃了叶片的枯枝。火焰跳跃着,发出呵呵的笑声。我们把黑色的灰烬,埋在你的脚下。让你落下的叶片,变成你的养料吧,这是我们非常真诚的希望。

我突然发现,原先在你树阴下的水磨石圆桌亮了起来。那里射着灿烂的阳光。我明白了,梧桐树!你是想,冬天特别需要阳光,你落了叶,好让阳光更多地照射大地吗?我敢肯定,梧桐树,你准是这样想的!

校园里的梧桐树,你是我们的朋友。你给我们浓阴,你给我们阳光。

文/吴　然

我们的好朋友

　　梧桐树很平常,但这棵生长在校园中的梧桐树却有着特殊的意义。散文中有四处写到"校园里的梧桐树,你是我们的朋友",也写了四层意思。文章是按季节写的,每个季节中梧桐树都有不同的表现。梧桐树是一种友情和精神的象征，它是我们校园生活的见证。作者写树，实际上是对校园生活的赞美，表达"我"对校园生活的向往之情。

赏析/陈龙银

接受大自然的感化

也许大自然能够化解思想的碰撞，因为我们都能够自愿地接受大自然美好灵性的感化。

那是一个多么美妙神奇的世界。

那就是夏令营，是她常常神往的地方。

这一天，她终于站在了绿色葱茏的小树林中。蓝天、绿草、蝴蝶、飞鸟……

她兴奋地奔跑、尖叫，她忘掉了久居校园围墙内滋生出来的忧愁和烦恼，尤其是，和同桌纠缠不休的大大小小的矛盾，现在想起来，似乎根本就不值一提呢！

忽然，她看见一只花蝴蝶飞过来，她的双眸立即随着花蝴蝶飞翔的舞姿而灵动起来。

就在这时，像一个幽灵似的，她的同桌突然出现在她的眼前，和她一起，追逐着花蝴蝶，欣赏着花蝴蝶的美姿。

她看见同桌那盯着花蝴蝶的一双眸子变得那么纯净，那么明亮而温柔。她的心里忽然有一种说不出来的复杂的滋味——美好与和谐,还是温馨与宁静？好像二者兼而有之吧！

当同桌的目光渐渐地从蝴蝶身上飘离,投射到她的眼眸中来时,她的心竟然猛地搏动了一下。

四目相对,忽然都感觉到当面对弱小而可爱的生命时、当面对充满灵气的大自然时,都能从对方的眸子里发现美好与和谐、温馨与宁静,它们没有经过一丝一毫的伪饰,也没有半点矫情,它们是在那一瞬间和大自然融为一体的。大自然还有那些弱小的生命具有弥足珍贵的谦和与忍让精神,并且潜移默化地感染着她和她的同桌的思想、脾性……

于是她们友好地笑笑,一同追逐着依然美丽地翻飞的蝴蝶。

也许大自然能够化解思想的碰撞,因为我们都能够自愿地接受大自然美好灵性的感化。

文/张年军

自然能净化心灵

自然能净化人的心灵。当我们走进大自然时,我们忘记了一切烦恼,忘记了和同桌曾经历过的不快。大自然多么美好!在大自然的面前,我们会得到许多有益的启示。走,让我们一起投进大自然的怀抱,接受它的感化吧!我们的心灵会变得更加美好!

赏析/陈龙银

童 心 反 光

分享是快乐的,分享是一种好品质。我
们有了快乐,要学会与人分享。

下班回家,见五岁的小女儿曦正在院子门前和四个与她年龄相仿的小朋友玩耍。她们见我,各操起一面小镜子往我脸上反射阳光,随之发出小鸟般的笑声。

"哪儿来的镜子?"我一问,曦急忙把小镜子片藏到身后,别的孩子也下意识地学着曦的动作。

我往地上一瞥,才发现在她们脚下扔着一个圆形的镜架。噢!这不是我和妻子结婚时买的那一对儿圆镜子的其中一个吗?

"为什么要损坏它?"我板起面孔。

曦胆怯地往后退着,别的小孩也往后退着……

"为什么?"我提高了声音。

曦这才喃喃地说:"我有……她们没有……"

我一下子怔住了,好半响。哦!我明白了,小女儿是为了让小朋友们都有一面小镜子,才把好好的镜子给打破了的。

为了别人渴望的美好而打破自己所拥有的美好,这是一个痛苦的抉择。小孩子能做到,大人会怎么样?大人如果也像小孩子那样,美好不就满世界了吗!我这样想着,觉得脸上开始微笑了。

孩子们不怕微笑,从身后拿出小镜子给我晃阳光。哦!我看到我的眼睛里满是阳光的灿烂。

文/肖显志

如果感到幸福你就跺跺脚·精华版

快乐要与别人分享

因为自己有小镜子,而别人没有,女儿便打碎"我"和妻子结婚时买的大镜子。这让"我"很生气。但当"我"得知女儿是想让大家都有一面镜子,要与他人共享玩镜子的快乐时,"我"转怒为喜了。这篇散文反映了女儿的好品质,也体现了"我"对这一品质的赞美。分享是快乐的,分享是一种好品质。我们有了快乐,要学会与人分享。

赏析/陈龙银

林中的小路

不知这一条小路最终通向那里,女孩们也不去想它通向那里,只想这样走呀走,走出繁重的课业,走出城市的喧嚣,走进宁静的星期天。

林中的小路上,铺满厚厚的落叶,林中的小路上,海绵一样垫着软软的松针,林中的小路旁,生长着一蓬蓬绿意盎然的蕨萁,绿意盎然的蕨萁后面,洒落着各色各样的花儿和小草。

小路两旁站着很高很高的树,很高很高的树上,夏蝉在不知疲倦地鸣唱。是不是因了夏蝉的鸣唱,林中的小路才显得是那样的寂静啊!

一群女孩穿过城市的喧闹走来了,踏上了这条林中的小路。于是那弯弯曲曲的小路上, 就飘动起一串弯弯曲曲而且有声有色的音符。

女孩们咕咕的笑声惊落了树上的松果,一个女孩便咕咕地笑着拾起地上的松果,另一个女孩也咕咕地笑着脱离小路觅来几朵野菇;还有几个女孩咕咕地笑着去摇晃那些当年生的嫩竹,飒飒的轻响便绕着竹梢,惊动两三只蝉儿,扑哧着飞到了远一些的树上。

林中忽然多了一些轻微的细响,女孩们想起林中应该还有许许多多有生命的小精灵,不该打扰它们。于是女孩们乖乖地回到小路上,一串彩色的音符又弯弯曲曲地在林中飘飘荡荡。

林中的小路,被丛生的荒草挤得很瘦很瘦,露水好重好重,鞋底便如抹了油,于是什么也不能去想,女孩们很认真地走路。

不知这一条小路最终通向那里,女孩们也不去想它通向那里,只想这样走呀走,走出繁重的课业,走出城市的喧嚣,走进宁静的星期天。

文/谭小乔

洋溢着快乐的林中小路

林中的小路边生长着许多植物,树上的知了在鸣叫,一群城市女孩走在路上,一边玩耍,一边欢笑。她们暂时走出繁重的课业,尽情享受大自然的快乐。自然永远是那么美好!散文写的事儿很简单,但把林中小路写得很美,表达了"我"对大自然的向往和热爱之情。

赏析/陈龙银

如果感到幸福你就跺跺脚·精华版

女儿给妈妈当妈妈

希儿有些发愁,她一点儿也不想离开妈妈,一点儿也不想像白雪公主那样让别人做自己的妈妈,她对妈妈说:"我是从你肚子里生出来的呀,你怎么能不要我呢?"

希儿听妈妈说,小孩是从妈妈肚子里生出来的。

希儿就觉得有点儿奇怪,她问妈妈:"那你叫外婆'妈妈',你是外婆肚子里生出来的吗?"

"是的呀。"妈妈直点头。

希儿很难相信:"你这么大,外婆的肚子这么小……"

那天,希儿骑着小自行车跟妈妈散步,她问妈妈:"妈妈,你能坐我的车吗?"

妈妈说:"不行,妈妈太大了。"

希儿想了想,说:"那等妈妈什么时候长小了再坐吧。"

有一次,希儿的手刚抓了蜜饯,黏糊糊的,就一把擦在爸爸的裤子上。妈妈吓唬她说:"你再淘气,妈妈就不要你了,让别人做你的妈妈吧。"

希儿有些发愁,她一点儿也不想离开妈妈,一点儿也不想像白雪公主那样让别人做自己的妈妈,她对妈妈说:"我是从你肚子里生出来的呀,你怎么能不要我呢?"

妈妈说："谁叫你这样淘气呢？"

希儿最后想了个不用跟妈妈离开的主意："妈妈，你要是实在不愿意给我当妈妈，那我来当妈妈，你当女儿吧。"

妈妈忍不住笑了，问希儿："你会当妈妈吗？"

希儿说："我当妈妈，你做错事了，我也不骂你，我还是爱你。"

妈妈说："妈妈是因为爱小孩才骂小孩的呀，妈妈希望小孩知道什么是对的，什么是错的。"

"我不这样！"做了妈妈的希儿一定不骂自己的孩子，"我只是爱你，爱我的女儿。"

"如果，"做了女儿的妈妈说，"我不知道什么是对的，什么是错的，去干坏事了，怎么办？"

"那我就难受死了。"希儿无可奈何地说，"那我就不当妈妈了吧。"

文/周　锐

瞧这母女俩

　　瞧这母女俩，真有意思！女儿对自己是从妈妈肚子里生出来的感到很好奇，心里老惦记着当妈妈这件事。这天她犯错误了，妈妈说了句"让别人做她妈妈"的气话。希儿似乎有了可以让她自己做妈妈的理由。最后她还是觉得，女儿要是犯了错误，自己肯定难过，难过得没办法也就只能不当妈妈——唉，和刚才她妈妈说的一个样！散文通过写母女俩的对话，反映了母女之间的感情，体现了希儿纯洁的童心。

赏析/陈龙银

小　草

小草很平凡，但它有着无私奉献的精神，它们从不选择环境，哪儿需要它们，它们就在哪儿生长。它们从不惧怕狂风闪电、雨雪冰霜。

小草是大自然的好孩子，是动物和人类的好朋友。

你瞧，满山遍野都是小草，她们把大地打扮得多么美丽！孩子们在草地上唱歌、跳舞、放风筝；老人们在草地上散着步；小动物们呢，有的在吃着草，有的在嬉戏、打闹……人和动物都喜欢小草。大家把最美的歌唱给小草听，把最美的舞跳给小草看。小草们也高兴了，她们摇着头，拍着手，有的还乐得开了花。

大风、寒霜和冻雪看着小草们快乐的样儿，很不高兴，因为他们觉得自己才是最了不起的，那些小草能算得了什么！

大风带着号子呼呼地吹。霜使出全身的力气放着冷气。雪大片大片地落下。大地沉默了。小草们高昂着头，把根扎得牢牢的，手拉手对抗着他们。但她们的力气毕竟有限，最后还是渐渐地枯萎了。

可是，小草们并没有死！

瞧，春姑娘来了，她带来了温暖的阳光和柔和的春风。小草们又悄悄地从土里钻了出来，嫩嫩的，绿绿的，摇着脑袋，拍着手，和以前一样快乐、一样美丽！

小动物们出来了,孩子们出来了,他们来到草地上,跳着,笑着:"春来了,草绿了,大自然多么美丽!"于是,他们一起唱:"野火烧不尽,春风吹又生。"

文/龙 吟

野火烧不尽

　　散文写的是我们常见的小草,热情地赞美了小草不惧艰险、敢于抗争的品质,讴歌了小草顽强的生命力和乐观向上的精神。小草很平凡,但它有着无私奉献的精神,它们从不选择环境,哪儿需要它们,它们就在哪儿生长。它们从不惧怕狂风闪电、雨雪冰霜。它给人们带来了欢乐。多么平凡而又伟大的小草!

赏析/陈龙银

悄 悄 话

　　自然有着许多奇妙的语言,只有热爱它的人才能听得懂、说得出。

花朵儿,蜜蜂儿,一块儿说着悄悄话⋯⋯
悄悄话,说些啥?

如果感到幸福你就跺跺脚·精华版

花朵儿说："我要结香香的果。"蜜蜂儿说："我要酿甜甜的蜜。"

露珠儿听了，它把悄悄话告诉了小鸟；小鸟听了，它把悄悄话告诉了云朵；云朵听了，它把悄悄话告诉了太阳；太阳听了，它把悄悄话告诉了小朋友……

小朋友听了，望着花朵儿和蜜蜂儿，心里在说："好香好甜的悄悄话呀！"

大家一定很喜欢又香又甜的悄悄话，那就早早地起床吧。

文/胡木仁

又香又甜的悄悄话

花儿和蜜蜂说的悄悄话被露珠听见了，很快便传到了小鸟、云朵、太阳和小朋友的耳朵里。它们说的是什么？——要结香香的果，要酿甜甜的蜜。啊，原来说的是又香又甜的悄悄话呀！散文写得很美。这么美丽的大自然，我们能不热爱吗？自然有着许多奇妙的语言，只有热爱它的人才能听得懂、说得出。

赏析/陈龙银

画儿带到北京去

风儿轻轻吹，白云慢慢飘，只有那棵垂着长长根须的大青树，耐心地倾听我们天真的议论，美丽的猜想……

我的家乡屯景寨，紧靠美丽的瑞丽江，就像一颗绿莹莹的宝石，镶嵌在绿色的缎带旁。

三天前,从北京来了一位画家叔叔,他戴着白色的遮阳帽,背了一只很大的油画箱。

我们这三个傣家孩子——我、岩沙和罕娜,一步不离地跟着他。我们喜欢看他画画儿,看他画绿色的凤尾竹,画树丛里的竹楼,画江面上飞翔的白鹭……我们更喜欢听他说北京的故事,我们对北京的一切都特别向往,画家叔叔理解我们的心情,他耐心地回答我们提出的所有问题,从来不表现出厌烦,这让我们更加敬爱他。

叔叔画完了寨子里的风景,又给我们这些傣家孩子画像。他画出的罕娜,真是美极了:大大的黑眼睛,粉红色的筒裙,那抿着嘴微笑的表情,比真人还要漂亮!他画出的岩沙,实在是威武呢,浓浓的眉毛,紧抿的嘴角,真有"小男子汉"的模样!至于我的画像嘛,那就更不用说,反正比我的任何一张照片都好上许多,寨子里的人见了,谁都要夸奖。叔叔说,他要把这些画儿带到北京去,送到展览会上参加展览,让更多的人能够欣赏到美丽的边寨风景,能够看到傣族孩子们可爱的形象。

叔叔离开寨子的那天,我们一直把他送到村寨边的大青树旁。直到叔叔走得很远很远了,我们还一直望着他的背影,舍不得离去。

现在,我、岩沙和罕娜,还是常常来到叔叔画画的大青树下,谈着我们感兴趣的事:叔叔的画儿在北京参加展览了吗?北京的小朋友们会看到画面上的傣寨风景吧?他们也会看到我们三个人的画像吗?如果北京的小朋友到我们傣寨来,那该多好啊!我们一定会像对待画家叔叔那样,热情地接待他……

我们的问题很多很多,我们的幻想很远很远,风儿轻轻吹,白云慢慢飘,只有那棵垂着长长根须的大青树,耐心地倾听我们天真的议论,美丽的猜想……

文/陈秋影

让美流传得更远

家乡的美貌引来了一位画家叔叔。画家和"我们"三个孩子相处得很好,对"我们"是有问必答,从不厌烦,他给"我们"

每个人画了极好看的相。可他不久便离开了,这让"我们"有些失落。散文通过写画家来画画这件事,表达了"我"对画家叔叔的思念,也间接地表现了家乡景色的优美和孩子的纯真、可爱。

赏析/陈龙银

第八辑　站在自己的位置上

　　我们享受温暖，但我们不能拥有太阳；我们向往远方，但我们还在路途上；我们付出太多，但我们控制不了结果。我们能做的，只能是尽可能的努力，淡然而温和地看着过程慢慢往最后蜿蜒。如果我们不能到达最高处，我们可以仰望，就像我们做不了最美的景色，不过我们可以很投入地欣赏。点缀在天空上的星星很漂亮吧，我们没有梯子去摘，不过我们愿意托着腮，坐在阳台或空地上，美美地、惬意地欣赏……

捡一片花瓣
做一只小船
我把我的小船
放在清清的小河上
满载着我的歌儿
驶向快乐的明天

太太，你很有钱吗

生命给了我们生活，生活给了我们思考，用你感恩的心去感受生活吧。

他们蜷缩在风门里面——是两个衣着破烂的孩子。

"有旧报纸吗，太太？"

我正在忙活着，我本想说没有——可是我看到了他们的脚。他们穿着瘦小的凉鞋，上面沾满了雪水。"进来，我给你们喝杯热可可奶。"他们没有答话，他们那湿透的凉鞋在炉边留下了痕迹。

我给他们端来可可奶、吐司面包和果酱，为的是让他们抵御外面的风寒。之后，我又返回厨房，接着做我的家庭预算……

我觉得前面屋里很静，便向里面看了一眼。

那个女孩把空了的杯子拿在手上，看着它。那男孩用很平淡的语气问："太太……你很有钱吗？"

"我有钱吗？上帝，不！"我看着我寒酸的外衣说。

那个女孩把杯子放进盘子里，小心翼翼地说："您的杯子和盘子很配套。"她的声音带着嘶哑，带着并不是从胃中传来的饥饿感。

然后他们走了，带着他们用以御寒的旧报纸。他们没有说一句谢谢。他们不需要说，他们已经做了比说谢谢还要多的事情。蓝色瓷杯和瓷盘虽然是俭朴的，但它们很配套。我捡出土豆并拌上棕色的肉汁，我有一间屋子住，我丈夫有一份稳定的工作——这些事情都很配套。

我把椅子移回炉边,打扫着卧室。那小凉鞋踩的泥印子依然留在炉边,我让它们留在那里。我希望它们在那里,以免我忘了我是多么富有。

文/[美]马瑞·杜兰

感受生命,感受生活

我有健全的身躯,我有青春的活力,我的亲人都在我身边,我能坐在教室里听老师讲课,我每天早上睁开眼睛都能感受阳光的恩泽,耳朵都能听到小鸟天籁般的嗓音;我家里很穷,我父母过得很简朴,但是一家人很和睦……我知道我是多么的富有。

其实,我们身边的很多东西看来都微不足道,因此常常忽略了它们,忘记了它们的存在,一切都习以为常。于是常常和别人比较,然后陷入嫉妒哀怨、自暴自弃的洪流中不能自拔。但是,这个世界还有很多人没有自己的家园,没有生命保障,过着朝不保夕的生活,想想这些,你会有什么感想呢?

世上总有许多的不如意,我们不能选择出生和命运,每个人都有不幸的一面,但也有阳光灿烂的一面。你不快乐你不幸福,不是你没有,而是缺少发现、缺少挖掘和缺少感恩。生命给了我们生活,生活给了我们思考,用你感恩的心去感受生活吧,这样,你的心灵就会时刻充溢着快乐和幸福。

赏析/黄田英

问 心 无 愧

不管别人是否知道,我们都要时刻注意自己的言行举止,活得坦坦荡荡,做个问心无愧的人。

约三十年前,在纽约贫民区某公立学校里,奥尼尔夫人所教的三年级学生举行算术考试。阅卷时,她发现有十二个男孩子对某一题的解答完全一样。

奥尼尔夫人叫这十二个男孩子放学后留下来。她不问任何问题,也不作任何责备,只在黑板上写下这样一段话:"在真相肯定永无人知的情况下,一个人的所作所为,能显示出他的品格。——汤姆斯·麦考莱。"并叫他们每人抄写一百遍。

我不知道其他十一人有何感想,只知道我自己。可以说,这是我一生中最重要的教训。

老师把麦考莱的名言告诉我们已经是三十年前的事了,我至今仍认为那是我所见到的最好的准绳之一。不是因为它可以使我们衡量别人,而是因为它使我们可以衡量自己。

译/吴锡平

问 心 无 愧

古话说:君子坦荡荡,小人常戚戚。意思是:君子由于品行端正,过得自在安然,而小人干了坏事,总怕被人知道,怕遭到报应,因此常常担惊受怕。反映了君子和小人在品行上的巨大差别。

在无人监考的考场中,你能做到不作弊吗?在路上拾到钱,你能物归原主或如数上交吗?我们凡事要讲个"诚"字,千万不能存在侥幸心理,因为,即使别人不知道,但是你知道,你的良心知道。华盛顿小时候砍了花园里的樱桃树,他自己不揭露,别人不会知道。但他将会很愧疚的,所以,他勇敢地向发怒的父亲承认了错误,他是个诚实的孩子,是个正人君子。

不管别人是否知道,我们都要时刻注意自己的言行举止,活得坦坦荡荡,做个问心无愧的人。希望我们都能用汤姆斯·麦考莱的那句名言来衡量自己。

赏析/邓翠芳

启　示

有什么好害怕的呢?它体现出我们的修养和风度。逃避责任则是懦夫的表现。

这是一件发生在童年的小事。

我的老爸爸也许已经把它忘记了,然而,这件事却对我的一生或多或少地起了影响。

那年,我九岁。

一日,坐在靠近门边的桌前写大楷。门铃响了,爸爸开门,是邻居。两人就站在大门外交谈。

那天风很猛，把我的大楷本子吹得"啪啪"作响，我拿着墨汁淋漓的笔去关门。猛地把门一推，然而，立刻的，大门由于碰到障碍物反弹回来；与此同时，我听到父亲尽力压抑而仍然压不下去的喊声。

门外的父亲，眉眼鼻唇，全都痛得扭成了一团，连头发也都痛得一根一根地站了起来；而他的十根手指呢，则怪异地缠来扭去。一看到我伸出门外一探究竟的脸，父亲立刻暴怒地扬起了手，想掴我耳光；但是，不知怎的，手掌还没有盖到我的脸上来，便颓然放下，我的脸颊，仅仅感受到了一阵掌风而已。

邻居以责怪的口气对我说道："你太不小心了，你父亲的手刚才扶在门框上，你看也不看，就把门用力关上……"

啊，原来我几乎把父亲的手指夹断！

偷眼瞅父亲，他铁青着脸搓手指，没有看我。

十指连心，父亲此刻剧烈的痛楚，我当然知道；但是，当时的我毕竟只是一名九岁的儿童，我所关心、我所害怕的，是父亲到底会不会再扬起手来打我。

父亲不会。

当天晚上，父亲五根手指浮肿得很大，母亲在厨房里为他涂抹药油。我无意中听到父亲对母亲说道：

"我实在痛得极惨，原想狠狠打她一个耳光，但是转念一想，我是自己把手放在夹缝处的，错误在我，凭什么打她！"

父亲这几句话，给了我一个毕生受用无穷的启示：犯了错误，必须自己承担后果。不可迁怒他人，不可推卸责任。

谢谢您，爸爸。

文/［新加坡］尤　今

责任不可推卸

记得我小的时候，做错了事，不但不敢承担责任，而且经常推卸责任。后来才知道推卸责任是对自己不负责任的行为，现在养成了不好的习惯，朋友们都不跟我玩了。没人跟我说过，犯错误就必须自己承担后果。如果有人告诉过我，我可能就不用落得如此的下场了。

承担后果有什么好害怕的呢？它体现出我们的修养和风度。逃避责任则是懦夫的表现。我以后都不会再为自己推卸责任了。

赏析/小小的雨

站在你应该站的位置上

作为一个父亲，他不能撒谎，不能由他来带坏孩子，这对孩子的成长和社会的发展都是不好的……

在星期六一个阳光明媚的上午，我的朋友——那个骄傲的父亲勃比·莱维斯带着他的两个小儿子去高尔夫球场打球。

他走到球场售票处问里面的工作人员："请问门票是多少钱？"

里面的年轻人回答他："所有满六周岁的人进入球场都需要交三美元，先生。我们这个球场让六岁以下的儿童免费进入，请问你的两个孩子多大了？"

勃比回答道："我们家未来的律师三岁了，我们家未来的医生七岁了，所以我想我应该付给你六美元，先生。"

柜台后的年轻人有点惊讶地说："嘿，先生，你是刚刚中了六合彩还是其他什么了，你本来可以为自己节省三美元的，即便告诉我那个大一点的孩子六岁的话，我也看不出有什么差别的。"

我的朋友勃比回答道："对，你的确不会看出其中的差别，但是我的孩子们会知道这其中的差别的。站在一个父亲的位置上，我有责任不让他们小小年纪就学会去欺骗别人。"

就像哲人爱默生说过的一样："为什么你说得如此大声，我却听不到你在讲什么呢？"在这个充满了竞争与挑战的时代里，真诚比以往任何时候都显得重要和珍贵，不管是在工作还是生活中，你都要站在你应该站的位置上。

文/陬　人

做好自己

　　明明只要父亲撒个小小的谎言，把七岁的孩子说成六岁，看门人也不会看出什么，父亲就可以省下三美元。可是父亲不这样做，因为他懂得自己在孩子面前表现的重要性，作为一个父亲，他不能撒谎，不能由他来带坏孩子，这对孩子的成长和社会的发展都是不好的。

　　撒谎，欺骗别人的同时也是坑害自己。放羊的小孩因为撒谎多了，不再获得人们的信任，当有一天狼真的来了，人们都不理他，最后他的羊被狼吃了，他怎么后悔都没用；纣王放烽火欺诸侯的例子也说明了这个道理。在现实社会里，国家和国家之间、地区和地区之间、公司和公司之间，签订的协议或许下的诺言有一条是不符合实际的，或者太随意耽搁了做事，都很可能给双方带来巨大的损失。国家的发展离不开人的发展，只有内部人员做好了，国家才有可能做好。所以我们要从小就养成做事认真负责的习惯，意义是很大的。

　　作为一个学生，你是否认真读书？作为儿女，你是否做好

如果感到幸福你就跺跺脚·精华版

儿女的责任？作为一个少先队员，你是否胸怀祖国，处处带头做好榜样？如果没有，你知道自己以后要怎么做了吗？

赏析/可　可

最出色的地方

最优秀的人，就是把身在其位的最本质、最出色的地方做好。

有一个流亡海外的女孩子，因为能讲一口流利的英语和法语而被英国特工组织看中，加入了英国的特工。她其实并不适合特工工作，性情急躁，所有的同事都不看好她，认为她做间谍，无疑是为敌国送上一座秘密的宝矿。

果然，几乎所有的训练过程都对她没有用处。组织上让她拿一份敌国驻军图送给地下交通员。她到了接头地点后，怎么也想不起接头暗号，情急之下，索性把地图展开，对着来来往往的人群进行试探："你对这张地图感兴趣吗？"幸运的是，她很快遇上交通员，他们扮作精神病人迅速地掩盖了这个可怕而致命的错误。

不仅如此，她认为越是繁华的地段越是安全，于是自作主张把秘密电台搬到了巴黎的闹市区，可她不知道，盖世太保的总部就在离她一条街之远的地方。终于在一天夜里，盖世太保们把这个胆大妄为正在发报的间谍逮捕了。英国特工都后悔不已，如果这个天真的姑娘在盖世太保的刑具下毫无保留地说出一切，那么对在法国的特工组织将是一个重创。出乎意料,盖世太保们用尽了种种残酷的刑罚,都无法撬开她的嘴。

她的名字叫努尔,曾是一位印度王族的娇贵女儿。二战结束后,英国政府追授她乔治勋章和帝国勋章。这样一个不称职的间谍获得英国政府的最高奖赏,官方的解释是:对帝国而言,梦寐以求的是间谍的背叛,这等于无形的巨大宝藏。但这个很笨的女孩儿,至死都没有吐露一个字。一个人需要技巧和智慧,但最不能缺少的,是原则和信念。这就是一个间谍最本位最出色的地方,所以我们从没怀疑她是一个优秀的间谍。

文/陆勇强

谁 最 优 秀

人,是没有可能把任何事都做得很好的。作为一个间谍,能坚守忠诚的原则和信念,把最本位、最出色的地方做好,就是一个最优秀的间谍。

同样,作为学生,最重要的不是学了多少知识,而在于有没有学会如何学习,掌握学习的方法才是最棒的。作为父母,最值得炫耀的不是给了儿女多少穿的,多少吃的,而在于有没有教会儿女自力更生的能力;作为一个老师,最自豪的不是一堂课灌输了多少知识给学生,而是教会学生学习的能力和做人的品质。

谁是最优秀的呢?最优秀的人,就是把身在其位的最本质、最出色的地方做好。

赏析/小罗兰

因 为 责 任

假如我们在做某一件事时，有着端正的
态度和高度的责任感，那何愁做不好呢？

有些事常让我感动。

在火车上，一位孕妇临盆，列车员广播通知，紧急寻找妇产科医生。这时，一位妇女站起来，说她是妇产科的。女列车长赶紧将她带进用床单隔开的产房。毛巾、热水、剪刀、钳子什么的都到位了，只等最关键时刻的到来。产妇由于难产而非常痛苦地尖叫着。那位妇产科的妇女非常着急，将列车长拉到产房外，说明了产妇的紧急情况，并告诉车长，她其实只是妇产科的护士，并且由于一次医疗事故已被医院开除。今天这个产妇情况不好，人命关天，她自知没有能力处理，建议立即送往医院抢救。

列车在京广线上，最近的一站还要行驶一个多小时。列车长郑重地对她说："你虽然只是护士，但在这趟列车上，你就是医生，你就是专家，我们相信你。"

车长的话感染了护士，她准备了一下，走进产房时又问："如果万不得已，是保小孩还是保大人？"

"我们相信你。"

护士明白了。她坚定地走进产房。列车长轻轻地安慰产妇，说现在正由一名专家在给她手术，请产妇安静下来好好配合。

出乎意料，那名护士几乎单独完成了她有生以来最成功的手术，婴儿的啼声宣告了母子平安。

那对母子是幸福的，因为遇到了热心人；但那位护士更是幸福的，她不仅挽救了两个生命，而且找回了自己的信心与尊严。因为责任，因为信任，她由一名不合格的护士成为一名最优秀的医生。

每个人都有责任感，每个人都会为不辱使命而努力。责任能激发人的潜能，也能唤醒人的良知。给人责任，也就是给了信任和真诚；有了责任，也就成就了尊严与使命。

文/李中声

做个有责任心的人

在孕妇生命万分紧急的情况下，那位不合格的护士接受了列车长赋予的信任和真诚："我们相信你！"最终母子平安，而她也找回了信心和尊严，并成了一名最优秀的医生。可见，责任的力量是多么大啊！

现实生活中，也有很多类似的例子。假如我们在做某一件事时，有着端正的态度和高度的责任感，那何愁做不好呢？当你身边的人需要你的支持和鼓励时，不要忘了给他一个坚定的眼神，一个温暖的微笑，或是一句诚恳的话语，那样，就是给了他责任。

我们有责任给人信心，我们也有责任不辜负别人的信心，就像文中的护士那样。小朋友，让我们从小做个有责任心的人吧！

赏析/邓翠芳

是谁出卖了刺猬

自己都不能替自己保守秘密,又怎能要
求别人替你保守秘密呢?

最近,有位同事不断地向我抱怨最好的朋友不替她保守秘密,使她遇到了很大的麻烦。这让我想起一个小时候看过的故事,这个故事直到现在我仍记得很清楚,是因为这个故事说出了一个为人处世的道理。

森林里,狐狸垂涎刺猬的美味很久了,但一直苦于刺猬的一身硬刺——只要狐狸一靠近,刺猬便蜷成一个大刺球,让狐狸一点办法都没有。

刺猬和乌鸦聊天,乌鸦很羡慕刺猬有这么好的铠甲,便说:"朋友,你的这一身铠甲真好呀,就连狐狸都没办法。"刺猬经不起乌鸦的吹捧,忍不住对乌鸦说:"其实,我的铠甲也不是没有弱点。当我全身蜷起时,腹部还有一个小眼不能完全蜷起。如果朝那个小眼吹气,我受不了痒,就会打开身体。"乌鸦听了十分惊讶,原来刺猬还有这样一个小秘密。刺猬说完后,对乌鸦说:"我这个秘密只跟你说过,你可千万要替我保密,要传出去被狐狸知道了,那我就死定了。"乌鸦信誓旦旦地说:"放心好了,你是我的好朋友,我怎么会出卖你呢?"

过了不久,乌鸦落在了狐狸的爪下。就在狐狸要吃掉乌鸦的时候,乌鸦突然想到了刺猬的秘密,便对狐狸说:"狐狸大哥,听说你很想尝尝刺猬的美味，如果你放了我，我就告诉你刺猬的死穴。"狐狸眼珠子一转，便放了乌鸦，乌鸦便对狐狸说了刺猬的秘密。

后果可想而知。在刺猬被狐狸咬住柔软的腹部时，它绝望地说："乌鸦，你答应替我保守秘密的，为什么出卖我？"

小时候我看这个故事时还为乌鸦出卖了朋友而生气，但随着年龄的增长，我慢慢领悟到，真正出卖刺猬的其实是它自己。它生活在一个充满危险、弱肉强食的森林里，只有它的一身硬刺能保护它，而它为逞一时的口舌之快，却把自己的破绽告诉了乌鸦。

这个故事并不是让大家把自己层层包裹起来，不去交朋友，不去倾诉。它只是说，关系到自己正常生活乃至生命的秘密，绝不可轻易告诉他人。但如果说了，又被传出去了，就不要怨恨朋友出卖了你，因为第一个说出这个秘密的人是你自己。自己都不能替自己保守秘密，又怎能要求别人替你保守秘密呢？

文/豆　豆

出卖的是自己

在日常生活中，可能大家都遇到过类似刺猬这样的经历：自己把秘密告诉了最好的朋友，叫他保密，可是，过不了多久，很多人都知道了。因为就只有朋友知道，你不说，那当然是朋友泄了密。这时，都会怨恨朋友不讲信用，不守承诺。连自己最好的朋友也会出卖自己，更何况其他人呢？

在没有看过这篇文章之前，我自己也认为：当自己把秘密告诉好友后，一旦他出卖了自己，第一反应就是怨恨朋友，觉得以后有什么事都不敢再随便告诉别人。但是，从这篇文章中，从刺猬与乌鸦这个故事中，我知道了，错的不是朋友，而是自己。在关系到自己正常生活甚至生命的秘密时，绝不能轻易告诉他人，甚至是自己最好的朋友。因为有时，最好的朋友就是自己最大的敌人。当某件事关系到朋友自己的切身利益时,他可能会牺牲别人的利益来保全自己。因此,我们要学会自己替自己保守秘密,如果连自己都做不到的,又怎么能要求别人为你做到呢?

赏析/戚玉春

垃　圾

我们努力一点,环境就干净一点、美好一点,不能只为自己方便就把垃圾乱扔。

女儿两岁半,已经乐意为我干家务了。每次扫完地,她都会欢天喜地地倒垃圾。看着女儿两只胖乎乎的小手端着硕大的簸箕,小心翼翼走远的身影,我心里总是盛满深深的幸福。

一天,女儿又去倒垃圾,我忙自己的工作。好半天,猛想起女儿去的太久了,跑到垃圾箱旁,哪里还有人影?

好在校园人多但不杂,我没有太多的担心,只要四处转转,应该很容易把女儿找回来。

果然,在一个偏僻的角落里,女儿正独自抹眼泪,手里捏着一个废食品袋。

原来,女儿倒垃圾时,一阵风从簸箕里掀走了一个废袋,女儿丢下簸箕,一路追去,走着走着,竟迷了路。

抱着女儿回来,一路上她的小手里还一直捏着那个小袋子,直到我和她一起把它丢进垃圾箱。

我在女儿额头重重地亲了一口,心里在说:为了生活中的美和纯洁,有太多的时候需要我们有女儿这样的勇气。

文/吴素琴

追赶的勇气

两岁的小女孩就懂得不能让垃圾污染环境,她追赶被风吹走的垃圾袋,全然没有想到自己会迷路。为了保持生活环境的美和干净,她一心一意地追赶,很有勇气啊!

同学们,你们可不可以也像小女孩那样做呢?保护环境需要我们每一个人的努力,我们努力一点,环境就干净一点、美好一点,不能只为自己方便就把垃圾乱扔。为了保护美和纯洁,我们需要有小女孩的追赶垃圾袋的勇气。

赏析/小天秋

言语的作用

"言为心声",很大程度上,言语反映出一个人的品德修养。

在一次演讲中,一位著名演说家向一群青年学生提出忠告:要注意自己说话的一言一语。这时,一位听众举手表达他的不同意见:"当我说幸福、幸福、幸福时,我并不觉得有什么愉快;当我说不幸、不幸、不幸时,我也不会因此而倒霉。所以,我认为语言只是我们使用的一种很普遍的工具,并没有所谓的无穷的……"

"笨蛋一个!你根本就没有理解我话里的意思。"这位演说家没等他说完,就在台上对他大声呵斥。

这位听众顿时目瞪口呆,继而怒形于色,愤然起身反击:"你才是……"

但是演说家手一挥,没让他继续说下去:"对不起,我刚才并不是有意伤害您的,希望您接受我最真诚的道歉。"

这位听众的怒气此刻才渐渐平息。出现这一插曲,在场的所有听众都纷纷议论开来。而演说家则微笑着继续他的演讲:"看到了吧,刚才我只不过说了那几个词,这位听众就要跟我拼命;后来,我又说了几个词,他的怒气就消了。所以,千万要记着:你说出去的话有时候就像一块石头,砸到人家身上,会使人受伤;有时,它又像春日里的和风,轻拂而过,让你备感舒心。这就是言语的威力啊!"

译/汪新华

言语的威力

大家可能也会有这样的体会,如果话说得好,说得巧,会让听者感到舒服、快乐,双方皆欢喜,同时可以起到很好的交流作用;但是如果把话说得很糟糕,会使听者反感、难过,甚至会造成彼此的伤害。可见,言语的确有着妙不可言的作用,会产生无穷的力量。某些情况下,它可能会让你受益无穷,也可能会让你悔恨终生,所以我们一定要时刻注意自己的言语。"言为心声",很大程度上,言语反映出一个人的品德修养。我们要懂得怎样说话,怎样做人。

赏析/罗秀青

捡起地上的鸡毛

要获得真诚的友谊，就要多为别人想想，对别人好，而不是伤害别人……

圣菲利普是十六世纪深受爱戴的罗马牧师，富人和穷人追随着他，贵族和平民也都喜欢他，这一切都是因为他的善解人意。

有一天，一位年轻的女孩来到圣菲利普的面前倾诉自己的苦难。圣菲利普明白了女孩的缺点，其实她内心倒不坏，只是她常常说三道四，喜欢说些无聊的闲话。这些闲话传出去后就会给别人造成许多伤害。

圣菲利普说："你不应该谈论他人的缺点，我知道你也为此苦恼，现在我命令你要为此赎罪。你到市场上买一只鸡，走出城镇后，沿路拔下鸡毛并四处散布。你要一刻不停地拔，直到拔完为止。你做完之后就回到这里来告诉我。"

女孩觉得这是非常奇怪的赎罪方式，但为了消除自己的烦恼，她没有任何的异议。她买了鸡，走出城镇，并遵照吩咐拔下鸡毛。然后她回去找圣菲利普，告诉他自己按照他说的做了。圣菲利普说："你已完成了赎罪的第一部分，现在要进行第二部分。你必须回到你来的路上，捡起所有鸡毛。"

女孩为难地说："这怎么可能呢？这时候，风已经把它们吹得到处都是了。也许我可以捡回来一些，但是我不可能捡回所有的鸡毛。"

"没错,我的孩子。那些你脱口而出的愚蠢话语不也是如此吗?你不也常常从口中吐出一些愚蠢的谣言吗?你有可能跟在它们后面,在你想收回的时候就能收回吗?"女孩说:"不能,神父。"

"那么,当你想说别人的闲话时,请闭上你的嘴,不要让这些邪恶的羽毛散落路旁。"生活中,如何说话,尤其是如何谈论别人,需要我们慎重考虑。

文/杨 子

谣言,无法挽回的伤害

我们有过这样的体会:当有人说我们闲话时,我们就觉得特别不开心。那些有时仅仅因为贪玩而出口伤人的人不知道,他们伤害了我们的自尊,影响了我们的心情,这种不开心很可能持续很久,让我们很沮丧。

散布谣言是不对的。愚蠢的话语使他们越来越令人讨厌,他们图一时的快乐就无缘无故地伤害我们,也不想想我们的心里好不好受。我们不屑于跟这些人交往,巴不得他们越走越远,永远不再出现在我们面前才好。

你有没有像文中的女孩那样讲过别人的闲话呢?如果有,请马上自我更正,并且以后都不要再犯这样的错误了。伤害别人,最终伤害的是自己:全世界没有人愿意做你的朋友,这多可怕啊!要获得真诚的友谊,就要多为别人想想,对别人好,而不是伤害别人……

赏析/小罗兰

和孩子一起成长

在他们的心里仍留有年轻人的活力,他们因为爱孩子而爱上孩子喜欢的新事物,跟着孩子一起成长。

和父母一起成长的孩子是幸福的,和孩子一起成长的父母是值得尊敬的。

又一次回家探望父母,我注意到,他们的脚步放慢了,吃饭时更加专心了。每次探家,他们看到我时发出的喜悦总是渐渐变成对我已长成大人的感叹。

不过,这次回家有些不同,因为我带了一个膝上型电脑。每次"你有邮件"的自动提示声响起,他们就冲了过来。他们默不作声地站在那里,脸上露出不满的神情,仿佛电脑以某种神秘的方式亵渎了上帝。

我正在咖啡馆同一个朋友聊天,忽然手机铃声响了,是我母亲打来的。她告诉我,整个楼断电了。

"给电力公司打电话。"我说。

"是你的电脑。"

"我的电脑?什么?"

"你知道。"她说。她的声音同我过去通过皮肤而不是耳朵听到的声音一模一样。现在她的声音听起来还气喘吁吁、慌慌张张。"电脑烧坏了电闸——"

"妈妈,要是那样的话,我的电脑在烧坏整个楼之前早就冒烟了。"

"那我们怎么没有电了?"

第二天,我正在厨房冲咖啡,我母亲进来,从我面前拉过一把椅子。从她紧闭的双唇看,像是有什么要事要商量。

"今天早上我们接到了一个唤醒电话。"她说,"五点钟的时候。"我看着她,等着她继续说下去。

"是你的'猫'。"她说得我一头雾水。

"我不明白。"我说。

"它不是连在电话上吗?是它让电话铃响的。"

我慢慢放下咖啡杯。"我的'猫'没有让你们的电话铃响。它是往外拨号,接收数据。"

"那我们的电话为什么突然在早上五点钟响了起来呢?"

"只要不用'猫',我就把它断开。怎么样?"

但是,这个解决办法让我的父亲不安起来。他拿起听筒塞绳的一端,搁在桌上的插头就像一位找不到归家路的老妇人。他检查了插头的塑料末端,又将其翻过来看个仔细,心里琢磨该怎么提出他的疑问。

"这不应该插进、拔出,"他终于说话了,"那会坏的。"

"全美国的插头都是插进、拔出,"我说,"每天、整天。这些塑料玩意结实着呢。"

"那会坏的。"他轻轻放下插头,转身走了。但是这个房间有他的书、他的柠檬香型的须后水,仍然暗示着他的存在。

我跟着他走出去,拍拍他的肩膀说:"告诉你吧,我会去一趟硬件商店,我会用自己的塞绳。"

第二天晚上,我正在外面会一个朋友,手机铃声响了。从液晶显示屏上,我认出了我父母家的电话号码。

确实是我母亲打来的,她情绪激动地说:"我们告诉你,现在我们的电话没声了。"

"至少,你们不会在早上接到唤醒电话了。"我说。

"你真得管管你的电脑。自从你来以后,这电脑尽给我们带来麻烦。"

"好吧,妈妈。"我叹了口气,"我很抱歉,我把它拿走。"

接下来的三天,我都与朋友们待在一起,父母的电力供应、电话服务——以及按钮——丝毫没有受到我的电脑的影响。

今年我去探望父母时,他们带我进了书房。在一张锃亮的橡木桌子上,有一台新电脑,宽大的显示器在保护膜后面隐约闪光,一对音箱放在两侧。

"怎么回事?"我问道。

我母亲用我多年未听到的严肃而坚定的语气回答说:"哦,有一次我们去参加婚礼,回来的路上进了电脑商店。他们给我们一个好价钱——"

"我要给孙子们发电子邮件,"我父亲打断她说,自豪的神情使他脸上的皱纹聚成一团,"这不花什么钱。你妹妹的儿子会向我演示怎么操作。"

我的外甥今年九岁。我想问问他,电线和电话线如何承受"额外的"信息传输,但是有东西在我身体里膨胀起来。我听见在我头脑中响起时间后退的鼓声。我的父母出人意料地、不知不觉地来了一个转向,走到了别的地方。我不记得以前曾经为他们如此骄傲过。

"我想提高桥牌水平。"我母亲眼睛发亮,指着一摞软件说。她在电脑后面摸索着,插上电源插头。"把这些东西都安装好,给我演示它们是如何工作的。"

可是,当我揭开显示器的保护膜,打开电源开关时,我却看不清屏幕,我的眼睛模糊了。

文/[美]凯·艾伦堡　译/马　丹

跟着孩子成长

　　父母从排斥电脑,到通过儿子看到电脑,最后接受和喜欢上了电脑。父母和孩子一起成长,儿子很感动。

因为成长的年代和年龄的关系，父母的观念总要比年青一代保守。有时候我们会看不起父母对新事物的盲目排斥。我们都希望父母能像我们那样对新科技感兴趣，但这往往很难实现。不过我们不能失望，因为我们也可以教父母，就像当年父母教我们接受事物一样。

愿意和孩子一起成长的父母值得尊敬：在他们的心里仍留有年轻人的活力，他们因为爱孩子而爱上孩子喜欢的新事物，跟着孩子一起成长。

赏析/小罗兰

第九辑　雪花饺子

一首叫《奉献》的歌里唱：白云奉献给蓝天，道路奉献给远方，我奉献给你……温暖动人，心悸落泪。我们也希望这样，花朵奉献给蜜蜂，树枝奉献给小鸟，轻风奉献给阳光……世界从此和煦灿烂，似乎永远都像春天。那么，如果放开了唱，放远了唱，多余奉献给饥饿，重复奉献给稀缺，和平奉献给战争，礼貌奉献给野蛮……世界大同，我们展颜。就像在最最寒冷的冬天，把雪花包进了饺子，把困难融进了鞭炮声……

来的时候静悄悄
去的时候也静悄悄

你是一个懂事的孩子
从不打搅大地妈妈的
好梦和好觉

望　天

心境不同，人们看到云朵时的想象也会不同，心随云而变。

"嘿嘿！飞机，飞机！"

"嘻嘻！坦克，坦克！"

"嗨哟！那里，那里，是个大熊猫！"

"哈哈！变了，变了，飞机变成狮子了……"

闹腾个啥？好脆的哈哈。欢叫声惊动了忙晚饭的妈妈。围裙上揩揩手，妈妈走出厨房。

看呀看呀！轻飘飘的棉花云在飞，金红红的团团云在移。天上的云朵啊变了，地下的妈妈啊，也变啦。像个小姑娘，加入孩子们的行列，笑微微地仰起头，也在望天啦！

偏偏妈妈看不见飞机，也看不见大熊猫。妈妈指着一团小小的、圆圆的云朵："儿子，你看，你看，那像爸爸采煤戴的头盔吗？"

"哎，头盔边，有颗星星亮啦！妈妈，妈妈，那是爸爸下井的矿灯吗？"

"哦，星星亮啦！星星亮啦！爸爸，爸爸，该回家啦！"

文/陆政英

心随云变

看，天空的云朵多有趣——有的像飞机，有的像坦克，有的像大熊猫；它们变得有多快——一会儿变成飞机，一会儿变成大狮子……小朋友的心也跟着云儿在变——他们一会儿欢呼，一会儿惊叫，多高兴呀！听到欢笑声的妈妈也来了，可她只看到了像爸爸头盔的云朵。这是为什么？因为她为爸爸担心，一直想着他呢。听妈妈这么一说，孩子也想爸爸了，这时他看到了星星，想到了爸爸下井的矿灯。可见，心境不同，人们看到云朵时的想象也会不同，心随云而变。

赏析/陈龙银

扫 地

一个从小连自己门前都不扫的人，将来能把天下扫干净吗？

小马每天早上第一件事，便是扫地。他春天扫门前的落花，夏天扫门前的尘土，秋天扫门前的落叶，冬天扫门前的积雪。他家门前一年四季干干净净的。

大家都夸小马："这孩子真勤劳！将来肯定有出息！"

小猪是小马的邻居，他每天除了吃饭睡觉，啥也不干。门前一年到头、一天到晚脏兮兮、乱糟糟、臭烘烘的。大家都批评他："这孩子真懒，将来没出息！"

老牛爷爷好心地劝小猪："孩子，你要向小马学习，可不能每天只知吃了睡，睡了吃啊！"

小猪不服气："我有远大理想，将来让世界变得更干净。现在怎能为这些芝麻蒜皮的小事，使学习分心呢？"

"不对！只有先把自家门前扫干净了，世界才会更干净！"老牛爷爷叹了一口气，"唉，一个从小连自己门前都不扫的人，将来能把天下扫干净吗？"

文/晓　东

做好小事才能做好大事

　　小马很勤快，一年四季总把家门前扫得干干净净。而什么事也不干、只知道吃和睡的小猪却嘲笑他，说小马只会做小事，而他自己有远大抱负，将来做大事。小朋友读到这里，一定会说：其实真正可笑的绝不是小马，而是小猪。——是啊，连小事都做不好的人，能做好大事吗？

赏析/陈龙银

鸟 树

是讲友情的，树是讲友情的，鸟也是讲友情的，正因为万物都在呼唤着友情，世界才变得如此美好！

不知为什么，女儿这几天总有点心神不定。

她每次从幼儿园回家，就要抢着打开窗户，然后趴在窗台上满脸忧愁地朝外瞧着什么。一阵秋风"嗖嗖"地吹过来，她会愤怒地喊着"去去去"，举起小拳头去驱赶秋风，好像秋风会来抢走她最心爱的"哭笑娃娃"。

有一天，女儿打开窗户，突然声嘶力竭地哭叫起来："爸，爸，你快来看呀！"

我急忙飞奔过去，差点撞倒了桌上的花瓶："怎么啦？怎么啦？什么事把你急成这样？"

"呜……你看那棵椿树的叶子，全被秋风吹落了，椿树没衣服穿了，小鸟也不会来了，呜……爸爸快想想办法，把叶子再给椿树装上去吧。"

哦，原来女儿是在为窗前那棵椿树担忧！

窗前的那棵椿树，是女儿出生那年破土而出的。几经风雨，椿树和女儿一起长大，女儿读幼儿园了，椿树也已经长到了三层楼那么高。每逢春夏季节，椿树就有规律地展开枝丫，撑起一蓬嫩嫩绿绿的叶子,正好在我家窗前撑起了一顶大绿伞。大绿伞为我家窗口遮阴,鸟儿们会成群结队飞过来歇息乘凉;抑或在枝叶丛中"叽叽喳喳"鸣唱。孤单的女儿更是欢乐无比,搬只小凳子坐到大绿伞下玩耍;趴在窗台津津有味地瞧着鸟儿们飞,听着鸟儿们唱,让自己的神奇想象融会到鸟儿们的神奇王国……

椿树是鸟儿们的天堂,更是女儿心中的一片绿地,这就难怪女儿为什么要为椿树担忧了!

这天晚上,女儿一直没睡好,她的小床"咯吱咯吱"不停地响。第二天起床后,她又门里门外,跑进跑出,风风火火,不知在忙什么。总算安定了下来,女儿突然又兴奋地喊叫起来:"爸爸快来看,椿树长叶子啦!椿树又长叶子啦!"

我莫名其妙地跑到窗前看,哇,那棵椿树果真又长满了叶子;再仔细一看,哪里有什么叶子,活脱是一只只鸟,椿树的每一根枝头几乎都停着一只鸟,一百根枝头,少说也有几十只鸟……真正是神奇而壮观!

兴许是怕惊动了这些奇迹般出现的鸟,女儿尽量压低嗓门,神秘兮兮地对我说:"爸,鸟儿倒是蛮讲情义的噢,它们怕椿树挨冻寂寞,就又飞回来了。它们飞回来是给椿树当叶子的。它们是鸟叶子,椿树有了鸟叶子,就变成一棵神奇的鸟树啦!"

我被女儿的稚气和真情感染了,很久很久没说话。我不知道造成"鸟树奇观"的真正原因,也不知道该怎样回答女儿,我只是觉得心里有一股暖流在温馨可人地流动:人是讲友情的,树是讲友情的,鸟也是讲友情的,正因为万物都在呼唤着友情,世界才变得如此美好!

过了好些时候,我才知道——

那天早晨,女儿将满满一桶爆米花,撒在了椿树底下!

文/刘保法

女儿的爱心

女儿有颗纯洁的爱心,那便是对大自然的热爱。天冷了,椿树叶子飘落了,鸟儿们就会离开,女儿很伤心。她站在窗口看,动着自己的小心思。她终于想出了好办法——在地上撒上爆米花,引鸟儿来。她的做法真的成功了,你看,满树的鸟儿就如同椿树长满了叶儿。这篇叙事散文赞扬了有爱心的女儿,让我们体会到人与自然和谐相处是多么美好!

赏析/陈龙银

蜜 蜂 的 云

蜜蜂们团结一心,终于把贪吃的熊赶走了,保住了它们的劳动果实。

仲夏夜的风,无情地推倒了小河边上的一棵老态龙钟的柳树。

老柳树粗大的身躯,横在铮铮流淌的小河上,宛如木桥一样。

小河水不停地冲击着老柳树杈,激起沙枣花一样的水花,簇簇团团。

在明朗朗的蓝天下,花草的海洋里,荡着一只棕色的船——哦,那是一只弓着背的棕熊,慢条斯理地穿过枝叶纷披的灌木,绕过散发着香气的红柳丛,优哉游哉地走在花孩子们翩翩起舞的草原上。它激起波涛一样腾飞的鸟儿,它溅起浪花一样飘逸的蝴蝶,慢悠悠地来到了涓涓流淌的小河边上。

棕熊爬上了小桥似的老柳树,走了几步,停下来,低下笨拙的头,在裂开的树干上嗅着什么,一种似乎很甜的东西。

一群金豆子似的蜜蜂,从四面八方汇集而来,在棕熊的头上"嗡嗡"地叫着,好似黄色的云。

棕熊怒气冲冲地抬起头,对着这一群琥珀色的小精灵,低沉而重浊地叫了几声。

蜜蜂的云,如米色的网罩住了棕熊。

——难道,喷放着馨香的小河彼岸,是蜜蜂神圣不可侵犯的领地?

——难道,勤劳善良的蜜蜂和恣意横行的棕熊之间,有着什么难言的新仇宿怨?

棕熊一闪身子,"扑通"一声掉入了小河里,迸起的晶莹水花炸破了蜜蜂的网。

蜜蜂们又聚在一起,云彩一样的向河水中的棕熊飘去。

棕熊,使劲儿地摇动着尖刀似的耳朵,又爬回了绣着鲜花和绿草的河岸。它看见蜜蜂的云又飘忽而来,惶惶然地抖抖身上的水珠,低垂着头,跑向了布谷鸟声声鸣叫的白桦林。

谁又能想到呢——棕熊刚才是在老柳树干上舔着蜂房的蜂蜜;而吉祥的云一样的蜜蜂,是在用战斗保卫着它们用心血酿造的爱的琼浆……

文/明　照

熊和蜜蜂的战斗

　　散文讲述了这样一件事:一棵老柳树被风吹倒了,跌进小河里。在这棵老柳树上有个蜂窝。一只熊闻到了蜂蜜的香味跑来了,想吃树上的蜂蜜。蜜蜂们团结一心,终于把贪吃的熊赶走了,保住了它们的劳动果实。散文用非常优美的语言记叙了这一战斗场面,虽然没有血腥场面,读者却能从中体味到蜜蜂们的团结精神和不畏强者的品质。

赏析/陈龙银

小溪和大海

天稍微一旱,小溪便枯竭了,而大海则
依然波浪翻滚。

一

一条小溪宽不足一米,最深处也只能没过膝盖,平时看起来总是满满的。稍微下点雨,容不下的雨水便漫向四面八方。小溪不住地埋怨:"雨太大了,我装不下了!"

浩瀚的大海,无边无涯,深不可测,暴风雨倾泻个十天半个月,大海也能容得下。

小溪困惑地问:"大海爷爷,我俩境遇为何如此截然不同?"

大海意味深长地回答:"孩子啊,还是先从自己身上找原因吧!"

二

到了旱季,高温早把小溪蒸发得底朝天了。他又气得大骂:"该死的太阳,把我烤干了!"

面对烈日的曝晒、热风的吹拂,大海仍显得很平静,海平面也不见降低一丝一毫。

小溪又不解地问:"大海爷爷,当初我是那么充实,感到满足;而你看起来却并不那么充实,永不满足,为什么我干涸了,你却依然浩浩荡荡?"

大海深沉地回答:"孩子啊,这只能怪你自己不充实啊!因为容易满足的都不是真正的充实,而真正的充实却永远也不会满足的!"

文/陈忠义

要的就是真正的充实

稍稍下些雨,小溪便满足了,抱怨雨水太多;而大海永远不会自以为是,愿意接纳所有雨水。结果,天稍微一旱,小溪便枯竭了,而大海则依然波浪翻滚。这是为什么呢?文章最后实际上已经给我们揭示了主题——容易满足的都不是真正的充实,而真正的充实却永远也不会满足的。文章借小溪和大海对待雨水的不同态度,以及最后出现的两种不同结果,向我们阐释了深刻的道理,发人深省。

赏析/陈龙银

雪花饺子

晚上,都都做了个梦,梦见自己变成了快乐的小雪花,梦见每一片雪花都变成了快乐的小娃娃。

大年除夕,外面下着大雪。妈妈在包饺子,都都在玩面皮。

一片又大又白的雪花从窗户上飘了进来,落在都都的面皮上。

"妈妈,雪花!"都都兴奋地说,"把它包进饺子里吧!"

妈妈接过都都手里的面皮,真的把雪花包进了饺子里。

妈妈在饺子外面粘上几粒黑芝麻,给雪花饺子做个记号。都都焦急地等着吃雪花饺子。

饺子煮好了,可是,里面的雪花早就化成水,再也看不见了!

都都吃着雪花饺子,感觉味道一样,又好像不一样。

晚上,都都做了个梦,梦见自己变成了快乐的小雪花,梦见每一片雪花都变成了快乐的小娃娃。

文/胡祁人

包进了快乐

都都把一片飘到饺皮上的雪花包进了饺子里,实际上就是把一份快乐送给了自己。你看,他看到飘进的雪花就够兴奋的了,妈妈给饺子做了记号后他便焦急地等待着,吃的时候又在仔细分辨味道,晚上还做了个快乐的梦。这片雪花给都都带来多少乐趣!文章真实地表现了一个孩子的心理变化,写得生动有趣。

赏析/陈龙银

小小"俞二郎"

书中乐趣多，多读书不仅能愉悦身心，
也能增长见识。

上小学的时候，"精神食粮"奇缺，能看到一本课外书，就跟过节一样快活。有一回，哥哥不知从哪儿弄来了一本名叫《武松》的小人书，把我馋得要命。可他就是不给我看，生怕弄坏了。这玩意儿，爸爸是不给看的，我便扬言要告诉爸爸，他没了法子，只好答应给我看一会儿。

我揣着小人书，躲到村后的麦地里，飞快地看了一遍，觉得不过瘾，又重新翻了一遍，连图画也细细"研究"了一番。合上小人书的时候，天已经黑了。

回到家，当然免不了挨爸爸一顿骂，可心里还是快活的。晚上躺在床上，便品位起书上的故事来：武松喝了十八碗酒后，还能翻过景阳冈，打死老虎，他可真厉害！想着想着，武松竟然来了，拉着我就上了景阳冈。老虎伏在草丛里，我和武松举着大棒子，你一下我一下地猛揍……

第二天醒来时，太阳已经老高了。背着书包飞快地跑到学校，刚坐下，教语文的赵老师就挟着卷子进来了，今天测验?！还好，题目不难，我不一会儿就做完了。坐在那儿，我又想起了武松，"在下便是武松武二郎。"武松总喜欢这么说，多气派！对，我何不把名字也改了，叫

"俞二郎"呢？想到这儿，我拿起橡皮把名字给擦了，然后，大大咧咧地写上"俞二郎"三个字。

几天后，发卷子了。人人都拿到了卷子，唯独不见我的。正在着急之时，忽然听到赵老师喊："俞春江，下课后到我办公室去一趟！"这下完了！下了课，我忐忑不安地走进了办公室。

"这次你考得不错，九十五分。"出乎意料，赵老师的态度十分和蔼。停了一会儿，他又指着卷子上的姓名说，"你看过《水浒》？"

"没……没，看过《武松》。"

"《武松》，我怎么没听说过？"

"是本小人书。"

"噢。你想看《水浒》，是吗？"

我使劲点了点头。

"这样吧，我这有本《水浒》，你拿去看吧。"说完赵老师拉开抽屉，递给我一本砖头般的厚书，又补充道："一天看几页，别贪多。记住，一定等作业做完了再看。"

我忙不迭地答应着，一阵风似的跑出了办公室。

那是一本完整的《水浒》，书上有不少字我都不认识，一边看一边还要查字典。不过，它比那些小人书可有劲多了。

几个月后，我终于看完了《水浒》，这才知道，原来"好汉"多得很呢：宋江、林冲、鲁智深……个个都厉害。比起他们，武松并不那么出色。可是，我还是崇拜他，并向自己保证："有朝一日，'俞二郎'会比'武二郎'更棒！"

文/俞春江

书中乐趣多

这篇散文围绕"我"看一本名叫《武松》的小人书这件事来写，写了"我"是怎样看到这本书、是怎么看的、回家后发生的事，还详细地写了第二天考试及考试后发生的事。文章反映出"我"对有趣读物的渴求，也体现出老师对"我"看课外读物的鼓励。书中乐趣多，多读书不仅能愉悦身心，也能增长见识。

赏析/陈龙银

小狗放风筝

一人有困难，大家都来帮忙，这是个充满爱的群体，让我们体味到相互关爱带来的温暖。

暖暖的阳光照在小狗身上。

暖暖的风吹在小狗身上。

小狗在绿绿的草地上跑着，高高地举起风筝。风筝在暖暖的风中高高地飘动。

哎呀，风筝被树枝挂住，小狗急得在树下直蹦。

"别急，别急，我来帮你。"小熊跑过来说。小熊伸着胳膊够呀够，够不着。

"别急，别急，我来帮你。"小象跑过来说。小象伸着鼻子够呀够，够不着。

"别急，别急，我来帮你。"小猫跑过来说。小狗看着小猫摇摇头说："你的个子这么小，怎么够得着？""我有办法！"说着，小猫爬到树上,解开挂在树枝上的风筝。

飞起来啦,飞起来啦,风筝在天上飘动。

小狗很高兴,小朋友们也很高兴。小狗说:"来,我们一起放风筝。"

文/刘丙钧

帮助别人是快乐的

小狗的风筝被树挂住了,好朋友小熊、小象都来帮忙,可是都没有够着。小猫也来了。他的个儿虽然小,可他会爬树呀。你看,他很利索地爬上树枝,解开了风筝。风筝飞起来了,大家高兴极了。

一人有困难,大家都来帮忙,这是个充满爱的群体,让我们体味到相互关爱带来的温暖。因为有了大家的帮助,风筝又飞上了天,大家可以一块儿放风筝了。帮助别人是多么快乐的事!

赏析/陈龙银

树 叶 儿 鸟

他轻轻地托起小鸟的羽毛,用每一片叶子亲吻它:我要让每一片叶子都变成小鸟。

高高的山冈上,生长着一棵挺拔的大树。树上住着一只快乐的小鸟。大概就是今年春天吧,小鸟儿和大树认识了,并把家安在了这里。大树、鸟儿很快成为好朋友。快乐的小鸟每天飞出去，都会带回来一大箩筐好玩又有趣的新闻，叽叽喳喳地讲给大树听，逗得大树笑呵呵，时不时拍着满树的巴掌，像个小孩似的嚷嚷着："好玩，好玩！"

小鸟说："大树，我每天唠唠叨叨说个没完，你不烦吧？"

大树笑笑说："啊呀，我爱听着呢。你的演讲带给我的快乐数也数不清。嘿嘿，我爱打呼噜，爱拍巴掌，还爱嚷嚷，你嫌不嫌我吵呀？"

"不吵，不吵！听不见我还睡不着觉呢。"

大树笑起来，大膀子哗哗啦啦直抖动。

时间很快过去了。

这一天，小鸟很晚还没有回家。大树盼呀盼，就是不见小鸟的影子。他想：是她忘了回家的路呢，还是出了什么事情啊？

大树伸长脖子望着远方，一遍又一遍呼唤小鸟的名字。太阳升起又落下，日子一天天过去了，小鸟还是没回家。

一、二、三、四、五、六、七、八……大树扳着指头数，二十多天又过去了，小鸟还是没有回来。大树想念她，叶子一点点变黄了。

树杈上鸟窝里有一片小鸟的羽毛。大树看着它，每天都想念和小鸟在一起的快乐日子。秋天到了，他想：不能再等了，我要去寻找小鸟。可是，上哪儿去找呢？他自己也不知道。他轻轻地托起小鸟的羽毛，用每一片叶子亲吻它：我要让每一片叶子都变成小鸟。

刚说完，奇迹出现了，树上的每一片叶子，扑棱起翅膀来。呼啦啦！所有的叶子像小鸟一样展开翅膀飞向远方。

高高的山冈上，只剩下一颗光秃秃的树干了。

几个月过去了，树叶儿鸟终于在大海边的岩石洞里，找到了小鸟。原来，她在照顾几只受伤的鸟宝宝呢。

第二年春天，一大群树叶儿鸟带着美丽的小鸟，又飞回到高高的山冈上。

文/贾林芳

大树和鸟儿

大树和鸟儿成了形影不离的好朋友。你看,鸟儿把家安在了树杈上,它每天都为大树讲有趣的事;大树总是高兴地拍着巴掌。可是,有一天,鸟儿突然不见了,而且很长时间都没回来。这可急坏了大树。它将所有的叶儿都变成树叶鸟飞出去找鸟儿,最终找到了它。鸟儿又回来了。散文讲述了鸟儿和大树的故事,却体现出大自然的和谐和美好,也表达了作者对自然的热爱。

赏析/陈龙银

萤 火 虫

萤火虫在菜地里、在花枝间停息——明明灭灭的荧光,是黑夜开放出来的花朵吗?

夏天的夜晚,在故宅"玖庄"的周围,飞翔着好多萤火虫。

萤火虫在天上飞;萤火虫在草丛间闪;萤火虫在菜地里、在花枝间停息——明明灭灭的荧光,是黑夜开放出来的花朵吗?

萤火虫,你不去捉它,它也会撞在你的身上。

于是萤火虫就到你手中了。

手中有上三五只萤火虫，你若把小手合拢，那一闪一闪的荧光，便从指缝间，露了出来。

你的手指变得绿莹莹的了。

菜地上空飞翔着的萤火虫，特别多。

菜地里种植着大葱。捏下一段葱节，把萤火虫放进去，一只、两只、三只……

那一只只萤灯，闪烁在葱节里，特别好看。

我觉得——

那是梦的颜色。

文/柯愈勋

闪烁的乐趣

散文描述的是夏夜故宅"玖庄"周围的萤火虫，写到了萤火虫很多，到处都有；写到了萤火虫不怕人；写到了"我"是如何玩萤火虫的。文章的语言很美。如写萤光，说它是"黑夜开放出来的花朵"；写萤灯，说它有着"梦的颜色"。文章表达了作者对童年的怀念和对大自然的赞美之情。

赏析/陈龙银

走 月 亮

天上的月亮那么美，月光下的家乡更美，美得让人陶醉。

秋天的夜晚，月亮升起来了，从洱海那边升起来了。

是在洱海里淘洗过吗？月盘是那样明亮，月光是那样柔和，照亮了高高的点苍山，照亮了村头的大青树，也照亮了、照亮了村间的大道和小路……

这时候，阿妈喜欢牵着我，在洒满月光的小路上走着，走着。

呵，我和阿妈走月亮！

细细的溪水，流着山草和野花的香味，流着月光。灰白色的溪卵石，布满河床。哟，卵石间，有多少可爱的小水塘啊！每个小水塘都抱着一个月亮！哦，阿妈，白天你在溪里洗衣裳，而我，用树叶做小船，运载许多新鲜的花瓣……哦，阿妈，我们到溪边去吧，我们去看看小水塘，看看水塘里的月亮，看看我采过野花的地方。

呵，我和阿妈走月亮……

村道已经修补过，坑坑洼洼的地方，已经填上碎石和新土。就要收庄稼了，收庄稼前，要把道路修一修、补一补，这是村里的风俗。秋虫唱着，夜鸟拍打着翅膀，鱼儿跃出水面，泼剌声里银光一闪……从果园那边，飘来果子的甜香。是雪梨，还是火把梨？还是紫葡萄？都有。在坡头上那片月光下的果园里，这些好吃的果子挂满枝头。沟水汩汩，很满意地响着。是啊，它旁边，是它浇灌过的稻田。沉甸甸的，稻穗低垂着头。哦，阿妈，前面不就是我们家的田地吗？春天，我们种油菜花，种蚕豆。我在豆田里打兔草。我把蒲公英吹得飞啊飞……收了豆，栽上水稻。看，稻谷就要成熟了，像一片月光镀亮的银毯。哦，阿妈，我们到田埂上去吧！你不是说民族中学放假了，阿爸就要回来了吗？我们采哪一塘新谷招待阿爸呢？

呵，我和阿妈走月亮……

有时，阿妈给我讲一个故事，一个古老的传说；有时，却什么也不讲，只是静静地走着，走着。阿妈温暖的手拉着我，我闻得到阿妈身上的气息。走过月光闪闪的溪岸，走过石拱桥；走过月影团团的果园，走过庄稼地和菜地……呵，在我仰起脸看阿妈的时候，我突然看见，美丽的月亮牵着那些闪闪烁烁的小星星，好像也在天上走着，走着……

多美的夜晚啊，我和阿妈走月亮！

文/吴　然

家乡的月亮格外圆

　　这篇散文讲的是"我"和阿妈走月亮的事，描绘了家乡的美丽景色，表达了"我"对家乡的热爱之情。散文语言很美，写景中抒情，情景交融。天上的月亮那么美，月光下的家乡更美，美得让人陶醉。文中有三处写"呵，我和阿妈走月亮"，表达了三层不同的意思。文章脉络清晰。

赏析/陈龙银

一人有困难，大家都来帮忙，这是个充满爱的群体，让我们体味到相互关爱带来的温暖。因为有了大家的帮助，风筝又飞上了天，大家可以一块儿放风筝了。帮助别人是多么快乐的事！

第十辑　捡垃圾者的大拇指

　　我们的第一步,还记得吗?踟蹰,担心,犹豫又谨慎。但我们从不会觉得那是笨拙,因为万事都有开头,开始,总是最难的。只要上路了,一切总是会越来越好,越来越高。我们也不会忘记,就像失败的痕迹,总比成功的欢笑让我们更久地铭记。如果因为方向错了,就像大拇指本来应该朝上,却朝下了。不过好在我们终于明白,方向错了,停止就是进步。所以,让我们回到原地,轻呼一口气,一切不过是重新起步!

村外的小河边
抽出些又纤又弱的柳条儿
满粘着些又小又嫩的柳芽儿

捡垃圾者的大拇指

恭维话算不得什么,有实力才是最重要的,我们还是谦虚一点,少听些恭维话,做好我们自己的工作吧。

从街上回来,我跟妻子说:"一个头发花白的捡垃圾的老汉,背着一个装垃圾的蛇皮袋子,沿街边走过,对一个又一个迎面而来的人都视而不见,最后他却对一个人竖起大拇指,你猜这个人是谁?"妻子猜了好半天都没猜对,最后就试探着说:"难道是你?"我说:"不是,是另一个捡垃圾的人——他看见另一个捡垃圾的人捡的垃圾比他多,他就冲他笑笑,并向他伸出了大拇指。"

这件恰好撞入我眼帘的事,真是让我感触颇多。

人家捡垃圾的人,就只对同是捡垃圾的人感兴趣,就只会对垃圾比他捡得多的人竖大拇指。别的人,哪怕你在某个领域的名气再大,你的自我感觉再好,人家也不会对你竖大拇指的。认识到这一点,对我这个热爱写作的人真是很有好处,什么"名扬四海",什么"尽人皆知",这都是文人们互相恭维时说的大话,当不得真的,离开了你的那个文人圈子,你想叫捡垃圾的人对你感兴趣,对你竖竖大拇指都难。

人啊,干哪一个行当,就只想着能得到哪一个行当的人兴趣就行了,如果这个行当里多少还有些人对你竖大拇指,那就可以欣慰了,千万不要想着什么路人皆知、名扬千古。就是手里有了权,也千万不能强迫对你不感兴趣的人,对你竖大拇指。

文/陈大超

干好自己的行当

人人都希望得到别人的赞赏,希望得到别人对自己的肯定,有时我们会因为得不到别人的赞赏或肯定,而感到难过。看完这篇文章后,使我深刻地明白了,其实我们并不需要在每一个方面都能得到别人的称赞,只要干好自己的行当,在自己的领域内取得优异的成绩,别人一样会给予你赞赏或肯定。正如文中所说捡垃圾的人只可能对捡垃圾的人竖大拇指,你在其他领域再厉害,他也不认识你,也不会特意看你一眼。其实在自己的行当内得到同行的称赞之后,自然而然地你在别的行当也有可能取得好的成绩。

对于我们小朋友们来说,就是在自己学习的这个行当里把学习搞好,这样你就会得到同学和老师赞扬的目光。

赏析/韩文亮

第 一 人 格

任何一个有劳动能力的人都可以通过自己的劳动去生存……劳动是生存的唯一理由。

一个乞丐来到一个庭院,向女主人乞讨。这个乞丐很可怜,他的右手连同整条手臂都断掉了,空空的袖子晃荡着,让人看了很难过,碰上谁都会慷慨施舍的,可是女主人毫不客气地指着门前一堆砖对乞丐说:"你帮我把这砖搬到屋后去吧。"

乞丐生气地说:"我只有一只手,你还忍心叫我搬砖。不愿给就不给,何必捉弄人呢?"

女主人并不生气,俯身搬起砖来。她故意只用一只手搬了一趟说:"你看,并非只有两只手才能干活。我能干,你为什么不能干呢?"乞丐怔住了,他用异样的目光看着妇人,尖突的喉结像一枚橄榄上下滑动了两下,终于他俯下身子,用他那唯一的一只手搬起砖来,一次只能搬两块。他整整搬了两个小时,才把砖搬完,累得气喘如牛,脸上有很多灰尘,几缕乱发被汗水濡湿了,歪贴在额头上。

妇人递给乞丐一条雪白的毛巾。乞丐接过去,很仔细地把脸和脖子擦了一遍,白毛巾变成了黑毛巾。

妇人又递给乞丐二十块钱。乞丐接过钱,很感激地说:"谢谢你。"

妇人说:"你不用谢我,这是你自己凭力气挣的工钱。"

乞丐:"我不会忘记你的,这条毛巾也留给我做纪念吧。"说完他深深地鞠一躬,就上路了。

过了很多天,又有一个乞丐来到这庭院。那妇人把乞丐引到屋后。指着砖堆对他说:"把砖搬到屋前就给你二十元钱。"这位双手健全的乞丐却鄙夷地走开了,不知是不屑那二十元还是因为别的什么。

妇人的孩子不解地问母亲:"上次你叫乞丐把砖从屋前搬到屋后,这次你又叫乞丐把砖从屋后搬到屋前。你到底想把砖放在屋后,还是放在屋前?"

母亲对他说:"砖放在屋前和屋后都一样,可搬不搬对乞丐来说就不一样了。"

此后还来过几个乞丐,那堆砖也就在屋前屋后来回了几趟。

若干年后,一个很体面的人来到这个庭院。他西装革履,气度不凡,跟那些自信自重的成功人士一模一样,美中不足的是,这人只有一只左手,右边是一条空空的衣袖,一荡一荡的。

来人俯下身用一只独手拉着有些老态的女主人说:"如果没有你,我还是个乞丐,可是现在,我是一家公司的董事长。"

妇人已经记不起来是哪一位了，只是淡淡地说："这是你自己干出来的。"

独臂的董事长要把妇人连同她的家人迁到城里去住，做城市人，过好日子。

妇人："我们不能接受你的照顾。"

"为什么？"

"因为我们一家人个个都有两只手。"

董事长伤心地坚持着："夫人，你让我知道了什么叫人，什么是人格，那房子是你教育我应得的报酬！"

妇人终于笑了："那你就把房子送给连一只手都没有的人吧。"

是的，所有的哲学家对人格的认同都是一致的：第一是劳动，第二是思考。可是我们放眼望去，或者巡视周遭，是不是每个人都具备这两条基本品格呢？那些为人父母者是不是清晰地知道孩子在成人之前应该教给他什么呢？

文/猛　醒

劳动是生存的第一理由

小的时候和妈妈逛街总会碰到一些乞丐，他们微弯着腰伸出双手向妈妈讨钱的时候，妈妈总是一毛钱都不给就拉着我走了。我每每愧疚地扭过头都会看到乞丐失望痛苦的脸，妈妈就对我说，那些四肢健全的人完全可以通过自己的劳动生活，为什么他们要向别人乞讨？

是啊，一个人生活穷困潦倒到不能维持生命的时候确实是值得同情的，一个人为了果腹去行乞也是令人敬畏的，因为至少他还有生存的渴望，他没有遗弃自己的生命，他知道只要生存就有希望。但是他不能为了生存丢弃了人生中最重要的东西——那就是作为一个人应该拥有的人格尊严。当他弯着腰低着头伸出双手向别人行乞的时候，他就已经是一个乞丐了,他可以讨到金钱和物质,但是却永远也讨不回他的尊严。他想不劳而获,他就永远只能弯着腰低着头,永远也不能挺起胸膛做人。

其实,一个乞丐伸出双手的时候,他何尝没有内心的苦苦挣扎?他弯腰低头的时候何尝不觉得愧疚于生命?但是人要无愧于生命就应该踏踏实实地生活,任何一个有劳动能力的人都可以通过自己的劳动去生存,只要是自己的劳动所得就会甘之如饴,因为,劳动是生存的第一理由。

赏析/黄田英

树上的那只鸟

耐心地回答父母的问题吧,哪怕它重复了无数遍;耐心地倾听父母的唠叨吧,因为他们爱你。

夜晚,一位父亲和他的儿子在院子里散步。儿子已大学毕业,在外地工作,好不容易回一趟家。

父子俩坐在一棵大树下,父亲指着树枝上的一只鸟问:"儿子,那是什么?"

"一只乌鸦。"

"是什么?"父亲的耳朵近来有点背了。

"一只乌鸦。"儿子回答的声音比第一次大,他以为父亲刚才没听

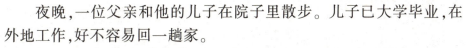

清楚。

"你说什么？"父亲又问道。

"是只乌鸦！"

"儿子，那是什么？"

"爸爸，那是只乌鸦，听到没有，是只乌——鸦！"儿子已经变得不耐烦了。

父亲听到儿子的回答后，没有说一句话。过了一会儿，他突然站起身，慢吞吞地走进屋里。几分钟后，父亲坐回到儿子身边，手里多了一个发黄的笔记本。

儿子好奇地看着父亲翻动着本子，他不知道那是他父亲的日记本，上面记载着父亲日常生活的点点滴滴。

父亲翻到二十五年前的一页，然后开始读出声来：

"今天，我带着乖儿子到院子里走了走。我俩坐下后，儿子看见树枝上停着一只鸟，问我：'爸爸，那是什么呀？'我告诉他，那是只乌鸦。过了一会儿，儿子又问我那是什么，我说那是只乌鸦……

"儿子反复地问我那只鸟的名字，一共问了二十五次，每次我都耐心地重复一遍。很高兴能有这样的机会，我知道儿子很好奇，希望他能记住那只鸟的名字。"当父亲读完这页日记后，儿子已经泪流满面了。"爸爸，您让我一下子懂得了许多，原谅我吧！"父亲伸手紧紧抱住自己的儿子，布满皱纹的脸上有了一丝笑容。

文/[马来西亚]胡艾耶·玛 译/汪 析

爱不怕重复

《树上的那只鸟》诠释的是一个关于父爱的主题——爱不怕重复。在成长的过程中，父母对我们的爱总是那么无微不至，从一根线，一粒米到我们的咿呀学语、姗姗学步，甚至为了我们能够记住一只鸟的名字，不厌其烦地重复二十五次。然而，我们却对父母相同的一个问题显得厌烦。也许，爱从来就不是等价交换,我们对父母所付出的从来不能与我们从父母身上所取得的画上等号。因为我们总是那么偏执地认为他们的爱是理所当然的,因此,总是漠视,总是忽略。但愿我们在获取的同时,也时时往天平上轻的一端增加砝码,纵使不能平衡也要减少差距。耐心地回答父母的问题吧,哪怕它重复了无数遍;耐心地倾听父母的唠叨吧,因为他们爱你。

赏析/叶莲子

蚁与蝶的生死之交

听,不幸的地球在哭泣;看,不幸的地球在告急! 救救地球,从我做起!

　　英国的田野上出现了一桩怪事:有一种叫"欧洲蓝蝶"的美丽蝴蝶,忽然变少了。不知不觉中,它们的翩翩倩影在暖春的晴空里消失了。谁也猜不透,这种会飞的美丽"花朵"上哪儿去了。

　　科学家进行了广泛的调查研究,终于发现,那蓝蝶已经在英国绝种了。而引起蓝蝶绝种的原因,又与两种蚂蚁的灭绝息息相关。英国人没有想到,由于他们破坏了两种细小蚂蚁种群的生活习性,导致了他们的灭绝。更让自然爱好者们感到难过和震撼的是,蚂蚁的死,也把欧洲蓝蝶送上了绝路,因为这种蚁与蝶之间存在着生死与共的关系。

　　成熟的蓝蝶个头较小,差不多只有一张邮票大小。在它们的幼虫阶段,其腹部有很多类型的腺体,所分泌出的挥发性物质,具有诱惑蚂蚁的香味。蓝蝶的幼虫成了蚂蚁的食品供应站。

闻到特殊的香甜味时,蚂蚁就爬到蓝蝶幼虫那里去尽情享受。如果是普通蝴蝶的幼虫,对蚂蚁是不讲客气的,它们会拼命扭曲和摇摆躯体,以便把蚂蚁从腹部赶走。但蓝蝶幼虫却热情欢迎蚂蚁的入侵,并为入侵者提供可口的食物。

当然,蚂蚁并不是白吃白拿,蓝蝶也需要蚂蚁帮忙。当蚂蚁在草地上发现蓝蝶生的卵时,便马上派工蚁来照顾这些幼小的生命,等待它孵化。不仅如此,还派兵蚁守卫在幼虫的周围,生怕被其他昆虫掠去。蓝蝶的幼虫是吃树叶的,每吃完一片叶,众蚂蚁就把它抬到另一片新叶上,让它吃个饱。蚂蚁的行为很像牧人把牛羊赶到更绿的草地上。

很明显,蚁蝶之间这种生死与共的搭档关系,是经历了漫长岁月考验的。例如,一些蓝蝶成年后,必须得到这种蚂蚁的刺激才会在植物上产卵。甚至,一些蓝蝶幼虫的表皮要比同类幼虫的表皮厚六十倍,这也是长期形成的一种适应,能防止蚂蚁那铁钳一样的上颚刺穿他的表皮。

每逢北风呼啸,冬天来临,蓝蝶的幼虫经不住严寒的袭击,蚂蚁就把它们搬进自己温暖舒适的蚁穴里,蚂蚁吸食蓝蝶幼虫分泌的蜜露,而把它们自己的幼虫作为食物奉献给这位贵客,招待得如同上宾。

但是,当春天的脚步声响起时,这曲田园牧歌也就结束了。这时,刚从茧蛹中钻出的蓝蝶,可能会受到蚂蚁的攻击,那些悉心照顾蓝蝶幼虫的蚂蚁,已变成了可怕的肉食者。幸运的是,在新生蝶的体表部附着一层细小的鳞屑,当蚂蚁用颚去攻击它时,那些鳞屑很容易纷纷剥落。由于鳞屑像滑石粉一样保护着蓝蝶的足、触角以及上颚,进攻的蚂蚁只有跟跟跄跄地在空中乱抓一气,而在这时候,蓝蝶已不慌不忙摆脱困境,自由自在地飞走了。

大自然就是这样复杂而有趣,地上爬的蚂蚁和空中飞的蓝蝶,居然结成了同生共死的盟友。推土机把两种蚂蚁的栖息地给毁了,从而也灭绝了这两种蚂蚁,"城门失火,殃及池鱼",与蚂蚁相依为命的蓝蝶也随之消失,仅仅给人们留下了美好的记忆。

文/石旭初

大自然的哲学

两种蚂蚁的灭绝也导致了美丽的蓝蝶的消失。大自然是个普遍联系的整体,就像环环相扣的锁链,其中一个环节损毁了,就会出现难以预测的后果。

大自然是生命的温床,是万物的天堂。她很大,但并非无边无际;她很美,但并非青春常驻;她很富,但并非可以无限掘取。

人类也依赖大自然而生存,从大自然中索取物质和能量,以实现其基本生存的需要。如果只会盲目疯狂地掠夺而不懂得保护,大自然就会入不敷出,最终必定会以沉重的代价给人类以报复。

听,不幸的地球在哭泣;看,不幸的地球在告急! 救救地球,从我做起!

赏析/袁艳红

想象可以走多远

大胆想象和发表看法是应该属于孩子的,也是成为科学家所必不可少的。

有一个孩子在同学中的人缘并不好,因为他经常"说谎"。譬如捡到了一枚怪异的石头,他会对同学们说:"这是一枚宝石,可能价值连城。"同学们当然哄堂大笑。可是他并不在意,他常会对身边的东西发表另外一种看法。久而久之,老师把他的问题反映到了孩子的父亲那里。但父亲没有批评他,只是暗中观察。

有一次,孩子在泥土里捡到了一枚硬币,他神秘兮兮地拿给姐姐说:"这是一枚古罗马造的硬币。"姐姐拿过来看,却发现这是十分普通的旧币,只是由于受潮生锈,显得有些古旧罢了。姐姐便把这件事告诉了父亲,希望父亲好好惩罚他,让他改掉那种令人讨厌的"说谎"习惯。可是父亲听了却叫过孩子说:"我怎么能责备你呢?你的想象力真伟大。"

对于孩子父亲的纵容行为,许多人都不以为然,认为这势必害了孩子,他长大以后会变成一个满口大话的虚伪的人。但是,谁也没有料到这个孩子长大以后却成了著名的生物学家,他的名字叫达尔文。

现在,所有人都知道他的"进化论"就是建立在超乎常人的想象和为此进行的大量实物证明之上的。没有想象,就没有今天的"进化论"。

文/流　沙

尊重孩子的想象力

　　小学生们的想象力是人生中很重要的一大部分,他们的想象总是超乎寻常的。他们把怪异的石头想象成宝石,古旧的旧币想象成古罗马硬币。大胆想象和发表看法是应该属于孩子的,也是成为科学家所必不可少的。倘若在这时能够适时地加以引导,也许他们当中也能出现新的"达尔文"呢。

赏析/谢红梅

如果错了，马上承认

认错是一项伟大的举动，但你我都能做到。

从我家步行不到一分钟，就有一片树林。春天来到时，树林里野花盛开，松鼠筑巢育子，马尾草长到马头那么高。这块完整的林地，叫做森林公园，我发现它时，就像哥伦布发现了美洲大陆。我常带着我的哈巴狗雷克斯到公园中散步。它是一只可爱温顺的小狗，并且园中不常见人，所以我总是不给它系上皮带或口笼。

一天，我们在公园中遇见一位警察——一个急于要显示他权威的警察。

"你不给那狗戴上口笼，也不用皮带系上，还让它在公园里乱跑，你不知道这是违法的吗？"

"我知道是违法的，"我轻柔地回答说，"但我想它在这里不至于会伤害什么。"

"你想不至于！你想不至于！法律可不管你怎么想。那狗也许会伤害松鼠，或咬伤儿童。这次我放你过去，但如果我再在这里看见这只狗不戴口笼，不系皮带，你就得去和法官解释了。"

我真的遵守了几次。但雷克斯不喜欢戴口笼，所以我决定再碰碰运气。起初倒没什么，后来有一天下午，雷克斯和我到了一座小山上，忽然我又看见了那个警察，他骑着一匹红马。雷克斯在前面正向着那警察冲去。我知道事情已毫无办法了，所以我没等警察开口说话，就先发制人。我说："警官，我愿意接受你的处罚。我没有托辞，没有借口。你上星期警告我如果我再把没戴口笼的狗带到这里，你就要罚我。"

"哦，好说，好说。"这警察用温柔的声调说，"我知道周围没有人的时候，让这样一只小狗在这儿跑一跑，是一件诱人的事。"

"那真是一种引诱，"我回答说，"但那是违法的。"

"像这样一只小狗是不会伤人的。"警察说。

"不，但它也许会伤害松鼠。"我认真地说。

"哦，我想你对这事太认真了。"他说，"我告诉你怎么办，你只要让它跑过小山，我看不见它，就没事了。"

其实，那位警察也挺有人情味，他只不过要得到一种被人尊重的感觉。所以当我开始自责时，他唯一能滋长自尊的办法就是采取宽大的态度，以显示他的慈悲。

我不与他争辩，因为我承认他是绝对正确的，我绝对错误。我迅速、坦白、热忱地承认。我们各得其所，这件事就友善地结束了。

如果我们知道自己一定会遭到责备时，我们首先应该责备自己，这样岂不比让别人责备好得多？听自己的批评，不比忍受别人的斥责容易得多吗？如果你将别人正想要批评你的事情在他有机会说话以前说出来，他就会采取宽厚、原谅的态度，以减轻你的错误了。

一般人都会尽力为自己的过错辩护。而一个能勇于承认自己错误的人，却可使他出类拔萃，并且总给人一种高贵、高尚的感觉。有这样一个例子：历史记载，当年美国南北战争中南方李将军做的一件最完美的事，就是他为匹克德在"葛底斯堡战役"的失败自责，归咎于自己。

匹克德在战场上的无限冲锋，无疑是美国历史上最光荣生动的英雄之举。匹克德是个风流人物，他把他赭色的头发留得很长，几乎长及肩背；而且，像拿破仑在意大利的战役中一样，他在战场上几乎每天都要写下热烈的情书。在那惨痛的七月的一个下午，他歪戴着帽子，得意地骑着马向联军的阵地冲去。士兵们欢呼着跟随着他，人挤着人，大旗飞扬，刺刀在阳光下闪烁，那真是一幕壮丽的景色，联军看见他们时,也发出了一阵低低的赞美声。

匹克德的军队踏着轻快的脚步,迅速前进。突然,联军的大炮开始向他们的队伍轰击。片刻间隐伏在山脊上石墙后面的联军步兵向匹克德的军队开火,一排枪又一排枪。瞬间,整个山顶变成火海,成了一个杀戮的场所。在几分钟内,匹克德五千个冲锋的士兵中有一大半倒了下来。

阿密斯坦带领着军队作了最后一次冲锋。他们跃过石墙,把军帽放在刀尖上摇着,大呼:"杀啊,孩子们!"

士兵们跟着跳过墙头挺着刺刀,与联军展开了一场短兵相接的战斗,终于把南军的战旗插在了山脊上。

但大旗只飘了一会儿就消失了。匹克德勇敢的冲锋也是失败的开始。

李将军非常悲痛,大为震惊,他向南方政府总统戴维斯提出辞呈,要求另派"一个年富力强的人"担任军队的统帅。如果李将军要将匹克德冲锋的惨痛失败归罪于别人,他可以找出一大堆借口来。比如有些师长不胜任,马队到得太迟,没能协助步兵进攻等等。

但李将军没有责备任何人。当匹克德带着残兵败将挣扎着退回到同盟阵地的时候,李将军只身骑马去迎接他们,并发出伟大的自责:"这都是我的过失。"他承认说,"我,我一个人战败了。"

历史上能有几个将领有这样的器量和品格做出这样的自责呢?

不要忘了那句古话:"用争斗的方法,你永远无法得到满足。但用让步的方法,你可能收获更多。"

所以,如果你要获得人们对你的赞同,你就应该记住这条规则:

如果你错了,就迅速而真诚地承认。

文/[美]戴尔·卡耐基 译/李 劲

伟大的认错

当"我"带着小狗再一次遇上警察时,"我"知道逃不过警察的责备,于是主动地承认自己的错误,警察认为自己被尊重了,反而宽容地放过了"我"。这件事,让"我"想起了李将军伟大的自责:把整个战役的失败归咎于自己决策的失误,赢得了历史对他的尊敬。大家都知道,很多时候我们做错了事,都不敢承认,有时还会逃避责任,更不要说马上承认了。因为我们都害怕被责备,这是人性的弱点之一。本文启示我们,在别人责备我们之前,我们先责备自己,那样,别人很可能会采取宽厚的态度对待我们。勇于承认错误,使我们显得出类拔萃,给人高贵和高尚的感觉。李将军那样的大人物都有自我承认错误的勇气,我们也可以有的。认错是一项伟大的举动,你我都能做到。以后,如果我错了,我会迅速而真诚地认错的,你呢?

赏析/小维猪

在等你说"谢谢"

他让男人知道,金钱不是一切,世间有
比金钱更珍贵的东西,那就是尊严。

那天我经过一个度假村,见一大群人围着一辆高档轿车,个个伸长了脖子往里张望。轿车旁边一个身穿名牌西服的男人焦急地对大伙喊："你们谁帮我爬进车底拧一下螺丝啊？"

原来他的车油路出了问题，从度假村游玩出来，漏出来的油已经淌到了车身外，这里离最近的加油站也有上百公里，难怪他急得像热锅上的蚂蚁。

他身旁那打扮妖艳的女子说："看把你急的，重赏之下，必有勇夫！"于是他赶紧掏出一张百元大钞："谁帮我拧紧，这钱就是他的了！"

我身旁的小伙子动了一下，却被他的同伴拉住了："有钱人的话，信不得的！"这时只见一个小孩走了过去，说："我来吧！"

操作很简单，小孩在那人的指挥下不到一分钟就拧好了，爬出来后他就用期待的眼神看着那人，男人刚想把百元大钞递给小孩，却被女人呵斥住了："你还真打算给他一百元啊？给他五块就已经够多了！"

男人从女人手里接过零钱递给小孩，小孩摇摇头。听见人群中的嘘声，男人又加了五块，小孩子还是摇摇头，男人有些生气了："你嫌少？再嫌，这十块钱也不给你啦。"

"不，我没有嫌少，我的老师说，帮人是不要报酬的！"

男人懵了："那你怎么还不走？"

小孩说："我在等你跟我说谢谢！"

文/朱克波

期待的是尊严

男人以为钱能换来一切，包括人的尊严。在他看来，尊严顶多值一百块，后来削减到十块。如果小男孩接受钱，那么小男孩的尊严只值十块了。但他拒绝钱，他帮助这个男人，仅仅因为这个男人需要帮助，帮人是不要报酬的，但要有"谢谢"，因为这是礼貌。

小男孩做得很好。他让男人知道:金钱不是一切,世间有比金钱更珍贵的东西,那就是尊严。做错了,要道歉;接受帮助,就要道谢,这是礼貌。不礼貌是对别人的不尊重。我们要尊重别人,同时要懂得别人也应该尊重我们,要像小男孩那样守护好我们的尊严。

赏析/满天星

橘子的香味

如果你是城市里的孩子,如果你嫌自然长出的水果脏,那你就错过品尝橘子清新甜美的机会了。

我是城市小孩,痛恨大自然。每次到了野外,朋友们悠然见南山,我只想找地铁站。上个周末被朋友拉去爬山,却有奇遇。我们去爬阳明山,才走到二子坪,我已摇摇欲坠。两旁树林茂密,我上气不接下气,根本无心欣赏。此时,我突然看到窄小的山路上坐着一位老先生,七十多岁了吧,却抬头挺胸,直视前方,丝毫不理会我们这些游客。走近了,才发现他是在卖橘子。脚下摆着两个大篮,里面的橘子,一个比一个难看。朋友买了一些,他也不给塑料袋。大伙当场吃了,吃不完就拿在手上。大家一边吃一边跟他聊天。他用本地话说,他在那条山路上卖了一辈子橘子。早在政府把阳明山划为公园之前,他就在山上种橘子,采了就在山上卖,从不带下山。他不用人工肥料或者农药,橘子百分之百天然。我说:"那这是有机橘子喔!"朋友斥责我:"'有机'是你们这些雅皮的说法,不要用那种字眼来污染这些橘子!"我摸着橘子,又小又脏,上面坑坑洞洞,实在引不起食欲。

朋友都在吃,我不好意思,只好开始剥皮。我看着自己的脏手,还吹毛求疵地问:"有没有人有湿纸巾啊——"立刻被大家嫌弃。我剥下皮,想找垃圾桶丢,只看到老先生对我挥挥手,指向树林中的泥土地。然后我看到地上已经有很多果皮,显然是先前食客的成果。土里来土里去,这橘子不需要任何文明的处理。

我用满是细菌的手把其貌不扬的橘子送入口中,却尝到前所未有的甜味。老先生说:"橘子的季节过了,下礼拜我就不来了,明年见。"不知为什么,甜甜的橘子下肚,突然酸起来。我瞄山下一眼,突然领悟到我在那里过的是极度人工、充满包装的生活。

我做的工作、写的小说、追求的爱情、牵挂的情绪,每一项都叠床架屋,千回百转。每天在自己的小天地里经营世界奇观,充满了仪式和手段。表面上是追求某种崇高的目的和价值,其实都是在兜圈子。我需要有品牌的公司,有品牌的西装,有品牌的女友,甚至有品牌的忧愁。在城市里,我像是明净的超市冷冻库中包在保鲜膜里的橘子,漂漂亮亮、冠冕堂皇、价值过高,却味道不好。我的人生没办法长在树上,摘下来剥皮就吃。我的人生在享用前必须把手洗干净,然后倒数计时。

但我也知道我不可能变成野地的橘子了。告别老先生十分钟之后,我迫不及待地开始接手机。但下山后的这几天,我一直想着他,纳闷他接下来这大半年不卖橘子,生活费怎么办。这当然又是我这种"无机"的人的思维模式。我把山上带下来的一颗橘子放在电脑前,让它跟我一起照辐射线。橘子渐渐变色,烂掉,但那个星期日的甜味,却始终在我的心中翻搅。

文/(台湾)王文华

让人感动的是自然

长在山里的不经农药浸染的橘子,外貌丑陋,吃下去却很甜很好吃。而保鲜膜里出来的,漂漂亮亮、价值过高,味道却不好。长在城市的孩子,看不起大自然的食物,这些食物往往色彩不够艳丽,形状不够好看,引不起城市人的品牌食欲,所以,城市人不感兴趣。其实外表不代表一切,看似美丽的东西,很多时候反而让人大失所望,如果你是城市里的孩子,如果你嫌自然长出的水果脏,那你就错过品尝橘子清新甜美的机会了。现在你是不是对自然长出的、不受肥料污染的、不好看但好吃的水果有好感了?想尝尝吗?我尝过了,确实很好。

赏析/满天星

天使的翅膀

老师用美丽的童话为不知所措的小男孩抚平了心灵的创伤。

很久很久以前,有一个小男孩非常自卑,因为他背上有两道明显的伤痕。这两道伤痕,从他的颈部一直延伸到腰部,上面布满了扭曲的肌肉。所以,这个小男孩非常讨厌自己,非常害怕换衣服,尤其是上体育课。当其他的同学都很高兴地脱下又黏又不舒服的校服,换上轻松的裤头背心的时候,小男孩只会一个人偷偷地躲在角落里,用背部紧贴住墙壁,用最快的速度换上衣服,生怕别人发现他有这么可怕的缺陷。

可是,时间长了,他背上的疤痕还是被同学们发现了。"好可怕呀！""你是怪物！""你的背上很恐怖！"天真的同学们无心的话语最伤人。小男孩哭着跑出教室，从此再也不敢在教室里换衣服，再也不上体育课了。

这件事发生以后，小男孩的妈妈特地牵着他的手找到班主任。小男孩的班主任是一位很慈祥的女教师，她仔细地听着妈妈说起小男孩的故事：

"这孩子刚出生的时候就得了重病，当时本来想要放弃的，可是又不忍心，这么可爱的小生命，我们怎么可以轻而易举地把他丢掉呢？"妈妈眼睛不觉就红了，"所以，我跟丈夫决定把孩子救活，幸好当时有位很高明的大夫，愿意尝试用手术的方式来抢救这孩子的生命。经过好几次手术，好不容易把他的命保下来了，可是他的背部却留下了两道清晰的疤痕，也曾是他与生命抗争的证明。"

第二天上体育课的时候，小男孩怯生生地躲在角落里脱下了他的上衣。这时，所有的小朋友又发出了诧异和厌恶的声音："好恶心呀！""他的背上生了两只大虫。"小男孩的双眼禁不住湿润了，泪水不听话地流了下来。

就在这时候，老师出其不意地出现了，几个同学马上跑到老师身边，比划着小男孩的背。

老师慢慢地走向小男孩，然后露出诧异的表情。"老师以前听过一个故事，好想现在就讲给你们听啊！"同学们最爱听故事了，连忙围了过来。

老师指着小男孩背上那两条明显的疤痕，绘声绘色地说道："这是一个传说，每个小朋友都是天上的小天使变成的，有的天使变成小孩时，很快就把他们美丽的翅膀脱下来了，有的小天使动作比较慢，来不及脱下他的翅膀！这个时候，那个天使变成的小孩子，就会在背上留下两道疤痕。"

"那这就是天使的翅膀呀！"同学们指着小男孩的背部纷纷发出惊叹。

"对呀！"老师的脸上露出神秘的微笑。

小男孩呆呆地站着，原本流泪的双眼此时此刻停止了流泪。

突然，一个小女孩天真地说："老师，我们可不可以抚摸一下小天使的翅膀？”

“这要问问小天使肯不肯啊？”老师微笑着向小男孩眨了眨眼睛。

小男孩鼓起勇气，羞怯地说：“好！”

女孩轻轻地摸了摸他背上的疤痕，高兴地叫了起来：“啊，好棒！我摸到天使的翅膀了！”女孩这么一喊，所有的小朋友都拼命地跟着喊：“我也要摸摸小天使的翅膀！”

后来，小男孩渐渐长大，他深深地感谢这位让他重振信心的老师。高中时他还参加全市的游泳比赛，得了亚军。他勇敢地选择了游泳，是因为他相信，他背上的那两道疤痕，是被老师的爱心所祝福的“天使的翅膀”。

文/李阳波

美丽的谎言

这个童话般美丽的故事，使我被一种深深的爱心和尊重所感动。文章中老师用一个美丽的传说——善意的谎言为这位自卑的小男孩抚平了心灵的创伤，也让孩子们相信这个美丽的传说，重新接纳和理解小男孩，并且抚摸了小男孩背上的丑陋的伤痕……

谎言是不好的。说谎的小孩子也不会得到大人的喜欢。但是，有时候，善意的谎言往往比真话更有用，更容易让人接受。

其实，十全十美的事物是没有的，每个人都有着自身的缺陷和不完美的地方，不希望别人知道。就像文中那个小男孩一样，小心翼翼地守护着伤痛，但是还是让身边的同学知道了。“天真的同学们无心的话语最伤人”，小男孩的心都碎了。幸好老师用美丽的童话为不知所措的小男孩抚平了心灵的创伤，让这个折断了翅膀的小天使重新找回生活的勇气和信心。由此可见，尊重和谅解是多么的重要啊！想想，如果我

最后一只蝴蝶

"我"明白了，明白自己爱白蝴蝶的真正原因是她在晴空下野花丛中的自在轻盈，那是属于她的美丽和快乐心情啊！

在我十一岁那年，由于父亲被调往英国任职，我们全家就要离开已经住了四年的日本冲绳岛了。

我从小就学会了如何适应这种不安定的生活，而且这种生活还意外地培养了我对自然界的浓厚兴趣。所以无论走到哪个国家，我总是能从中获得无穷的乐趣和惊喜。从记事起，我曾经收集过贝壳、化石，也曾到野外远足，还参加过观鸟活动。但当到了冲绳这个太平洋上的小岛后，我惊奇地发现这里有品种繁多的蝴蝶，采集蝴蝶标本就成为我的新爱好。

渐渐地，我拥有了许多用玻璃框镶起来的蝴蝶标本，并在每一件下面都认真地做了标记。这些蝴蝶大小各异，颜色多样，从深蓝色到明黄色，从猩红色到绿宝石色，应有尽有。因为捕捉蝴蝶并不是件容易的事，所以我很为自己的收藏而自豪。但也有一件遗憾的事，那就是我始终没有捉到一只翅膀是橘黄色的白蝴蝶。有一年圣诞节，我的教父曾送给我一本有关亚热带地区蝴蝶的书。书中就有一幅插图详细描述了这种冲绳岛上最大的白蝴蝶，它的两翼大约有七至十厘米长，其生活习性与众不同。我常看见它们像一群五彩的纸屑从我的眼前轻轻飘过，时而在海风中上下翻飞，时而又飞翔在大树的树冠之上。可气的是，无论我爬多高，蝴蝶总是远在我力所能及的高空之上。

离开冲绳的日子一天天临近，家里的东西开始一件件地装进了行李箱。但我一直没有把捕捉蝴蝶的工具收起来，而且还把更多的时间用在了户外。学校开始放暑假了，这意味着几天后我们就要出发了，我几乎准备放弃寻找白蝴蝶的希望。

一天早晨，妈妈告诉我，我的蝴蝶标本和书籍必须在当天下午收拾好。于是，我决定做最后一次努力。那天的天气非常炎热，蝉在大树上发出"知了、知了"的叫声，绿色的蜥蜴在炙热的阳光下扭动着灵巧的身子，迅速穿过林间小路，甘蔗林在风中轻轻地泛起一层层波浪，各种各样的蝴蝶在山边的野花上起起落落。但与平常一样，白蝴蝶还是高高地飞在树顶之上。最后，我只好拖着疲惫的步子向家走去，我最后的搜寻一无所获。

可是，当我从一簇芙蓉花旁走过时，一个闪亮的白点闯进了我的眼帘，我惊喜地发现一只白蝴蝶就停在离我一米远的一朵大红花上。它正在吮吸花蜜，翅膀还在轻轻地颤动。我当时就呆住了，过了好一会儿才想到举起我的捕蝶网，一点一点地靠近蝴蝶。我的心脏怦怦地跳着，没想到，这只蝴蝶突然飞了起来，当时就惊了我一身冷汗，然而幸运的是，下一刻它又轻轻地落在了另一朵花上。我扭转身子，抱着最后的一点希望，用力将网甩了出去。我简直不敢相信自己的眼睛，那只蝴蝶居然被我捉到了。

我轻轻地打开网，捏住蝴蝶的胸部把它拿了出来，打算投到装有甲醛的瓶子里。就在我的手刚碰到瓶口的一刹那，我情不自禁地停住了。我看到了这只白蝴蝶的白色翅膀正在闪闪发亮，而翅膀尖则是一块灿烂的橘黄色，细细的小腿在我的手掌间绝望地划动，我甚至感觉到了这个小生命在我的手指间恐惧地发抖。

不知怎的，我的心微微地一颤，伸手将这只盼望已久的蝴蝶向晴朗的天空中抛了出去，看着它飞过附近的大树，消失在我的视线外。

两天后，我就离开了冲绳岛，奔向了一个陌生的地方。可是我的蝴蝶却永远地留在了这个小岛上，它或许正围着大树和野花轻盈地飞着呢。

爱可能就是这样的吧！

文/[美]迈克尔·韦尔岑巴赫　译/史靖洪

爱的最好方式

我们曾经以为爱就是拥有，就是紧紧地留在身边，就好像喜欢一支棒棒糖，意味着把它细细地品尝；喜欢一朵花，把它摘下来别在衣襟上；喜欢一本书，时时刻刻带在身边一样。可是，我们也要知道，喜欢是不同于爱的。爱不可以用拥不拥有，或在不在身边来衡量。

蝴蝶是属于大自然的，属于那无拘无束的有着新鲜花香的天地。捕捉，就等于扼杀它的自由，甚至它的生命。它从此便无法再张开自在美丽的翅膀，无法再飞舞了，这是多么可惜呀！"我"很仰慕白蝴蝶，千方百计要得到它，可当白蝴蝶在"我"手指间恐惧地发抖时，"我"明白了，明白自己爱白蝴蝶的真正原因是它在晴空下野花丛中的自在轻盈，那是属于它的美丽和快乐心情啊！所以，"我"放开了白蝴蝶，放还它的生命。

从大自然的角度来说，爱，就是保持大自然的生机和美丽；而引申到人的身上，爱一个人，大概就是从对方出发，知道对方真正需要的是什么，为对方着想，让他(她)幸福快乐。一如文中的作者和白蝴蝶一样。

赏析/小维猪